O TATUADOR DE AUSCHWITZ

2ª edição
11ª reimpressão

HEATHER MORRIS

O TATUADOR DE AUSCHWITZ

BASEADO NA HISTÓRIA REAL DE UM AMOR QUE DESAFIOU OS HORRORES DOS CAMPOS DE CONCENTRAÇÃO

Tradução
Carolina Caires Coelho e Petê Rissatti

Planeta

Título original: *The Tattooist of Auschwitz*
Primeiramente publicado em inglês como *The Tattooist of Auschwitz* pela Echo Books, Sydney e Bonnier Zaffre, Londres.

Preparação: Barbara Parente
Revisão: Ana Lima Cecilio e Valquíria Della Pozza
Diagramação: Abreu's System
Capa: Nick Stearn
Aaptação de capa: Beatriz Borges
Imagens de capa: akg-images / Fototeca Gilardi e Jacob Lund / Adobe Stock
Fotos página 225: Heather Morris / Família Sokolov

DADOS INTERNACIONAIS DE CATALOGAÇÃO NA PUBLICAÇÃO (CIP)
ANGÉLICA ILACQUA CRB-8/7057

Morris, Heather
O tatuador de Auschwitz: baseado na história real de um amor que desafiou os horrores dos campos de concentração / Heather Morris; tradução de Petê Rissatti e Carolina Caires Coelho. - 2ed - São Paulo: Planeta do Brasil, 2019.
240 p.

ISBN: 978-85-422-1569-4
Título original: The Tattooist of Auschwitz

1. Ficção inglesa 2. Auschwitz (Campo de concentração) - Ficção 3. Guerra Mundial, 1939-1945 - Ficção I. Título II. Rissatti, Petê III. Coelho, Carol Caires

19-0314 CDD 823

MISTO
Papel produzido a partir de fontes responsáveis
FSC® C011188

Ao escolher este livro, você está apoiando o manejo responsável das florestas do mundo

2022

EDITORA PLANETA DO BRASIL LTDA.
Rua Bela Cintra, 986 – 4º andar
01415-002 – Consolação – São Paulo-SP
www.planetadelivros.com.br
faleconosco@editoraplaneta.com.br

À memória de Lale Sokolov.
Obrigada por confiar em mim para contar sua história com Gita.

NOTA DA AUTORA

Esta é uma obra de ficção baseada no testemunho em primeira mão de um sobrevivente de Auschwitz; não é um registro oficial dos eventos do Holocausto. Há muitos relatos que servem como documentos aos fatos daquela terrível história, com muito mais detalhes do que um romance como este poderia abranger, e eu recomendo vivamente ao leitor interessado que os procure. Lale teve contato com muito mais guardas e prisioneiros durante seu período em Auschwitz-Birkenau do que o descrito nestas páginas; em alguns momentos, criei personagens que representam mais que uma pessoa e simplifiquei certos eventos. Embora alguns encontros e certas conversas aqui tenham sido imaginados, não há dúvida de que os eventos desta história ocorreram, em grande parte, conforme descritos, e todas as informações apresentadas como fatos foram devidamente documentadas e pesquisadas.

Heather Morris

PRÓLOGO

Lale tenta não erguer os olhos. Estende a mão para pegar o pedaço de papel que lhe entregam. Precisa transferir os cinco dígitos à moça que o segura. Já há um número ali, mas se apagou. Ele pressiona a agulha no braço esquerdo dela, fazendo um quatro, tentando ser delicado. O sangue irrompe. Mas a agulha não foi fundo o bastante e ele tem de riscar o número de novo. Ela não se retrai com a dor que Lale sabe estar causando. *Eles foram alertados – não digam nada, não façam nada*. Ele limpa o sangue e esfrega tinta verde no ferimento.

— Depressa! — sussurra Pepan.

Lale está demorando muito. Tatuar braços de homens é uma coisa; machucar o corpo de jovens mulheres é aterrorizante. Ao levantar os olhos, Lale vê um homem com um jaleco branco caminhando lentamente ao longo da fileira de moças. De vez em quando, ele para e analisa o rosto e o corpo de uma jovem amedrontada. Por fim, ele se aproxima de Lale. Enquanto Lale segura o braço da garota com o máximo de delicadeza, o homem agarra o rosto dela e o vira com violência de um lado a outro. Lale encara os olhos aterrorizados. Ela mexe os lábios, pronta para falar. Lale aperta seu braço com força para detê-la. Ela olha para ele, e ele faz, sem emitir som:

— *Shh.*

O homem de jaleco branco solta o rosto dela e se afasta.

— Muito bem — sussurra ele ao voltar a tatuar os números que faltam: 5 6 2.

Ao terminar, segura o braço dela um instante além do necessário, olhando de novo em seus olhos. Ele força um breve sorriso. Ela retribui com um mais discreto. Mas os olhos dela dançam diante dele. Olhando para eles, o coração de Lale parece, ao mesmo tempo, parar e começar a bater pela primeira vez, forte, quase ameaçando pular para fora do peito. Ele olha para o chão, que treme sob seus pés. Outro pedaço de papel lhe é entregue.

— Depressa, Lale! — Pepan sussurra com urgência.

Quando ele volta a olhar para a frente, ela se foi.

1

ABRIL DE 1942

Lale sacoleja pelo interior do país, mantendo a cabeça erguida, solitário. O jovem de 24 anos não vê motivo para conhecer o homem ao seu lado, que às vezes cochila sobre seu ombro; Lale não o afasta. É apenas um entre os inúmeros jovens enfiados nos vagões feitos para transporte de gado. Sem ter ideia de para onde estavam sendo levados, Lale se vestiu com seu traje habitual: um terno bem passado, camisa branca limpa e gravata. *Sempre se vista para impressionar.*

Ele tenta avaliar as dimensões de seu confinamento. O vagão tem cerca de dois metros e meio de largura. Mas ele não consegue ver o fim para estimar seu comprimento. Tenta contar o número de homens que estão com ele naquela jornada. Mas, com tantas cabeças balançando para cima e para baixo, acaba desistindo. Não sabe quantos vagões são. As costas e as pernas doem. O rosto coça. A barba por fazer lembra-o de que não se banha ou barbeia desde que embarcara, dois dias antes. Estava se sentindo cada vez menos ele mesmo.

Quando os homens tentam entabular uma conversa, ele responde com palavras de incentivo, tentando transformar seu medo em esperança. *Estamos na merda, mas não vamos permitir que nos afoguemos nela.* Observações agressivas são murmuradas para ele por sua aparência e comportamento. Acusações de ter vindo de uma classe superior. "Veja só aonde isso levou você." Ele tenta ignorar as palavras e enfrentar os olhares de raiva com sorrisos. *Quem estou tentando enganar? Estou com tanto medo quanto todo mundo.*

Um jovem fixa os olhos em Lale e abre caminho pelo amontoado de corpos, vindo em sua direção. Alguns homens o empurram enquanto ele passa. *É seu espaço apenas se você o conquistar.*

— Como pode ficar tão calmo? — pergunta o jovem. — Eles tinham fuzis. Os desgraçados apontaram fuzis para nós e nos forçaram a entrar neste… trem de gado.

Lale sorri para ele.

— Também não foi o que eu esperava.

— Aonde acha que estamos indo?

— Não importa. Lembre-se, estamos aqui para que nossa família permaneça em casa, em segurança.

— Mas e se…?

— Não diga "e se". Eu não sei, você não sabe, nenhum de nós sabe. Vamos só fazer o que disseram.

— Não deveríamos tentar pegá-los quando pararmos, já que estamos em maior número? — O rosto pálido do jovem está retorcido com uma agressividade confusa. Ele cerra os punhos como um boxeador, de um jeito patético, na frente do corpo.

— Temos punhos, eles têm fuzis… quem você acha que vai ganhar essa briga?

O jovem volta a ficar calado. Seu ombro está encaixado no peito de Lale, que consegue sentir o cheiro oleoso de suor em seus cabelos. As mãos caem e ficam penduradas ao lado do corpo.

— Meu nome é Aron — diz ele.

— Lale.

Outros ao redor deles ficam atentos à conversa, erguendo a cabeça na direção dos dois antes de voltar às fantasias silenciosas, afundando-se nos próprios pensamentos. O que todos compartilham é o medo. E a juventude. E a religião. Lale tenta manter a mente longe das teorias sobre o que os espera adiante. Disseram para ele que seria levado para trabalhar para os alemães, e é isso o que planejava fazer. Pensa na família em casa. *Segura*. Ele fez o sacrifício, não se arrepende. Faria mais uma vez para manter a amada família em casa, unida.

A cada hora, parecia que as pessoas faziam as mesmas perguntas a ele. Esgotado, Lale começa a responder:

— Aguarde e veja.

Fica perplexo, imaginando por que essas perguntas lhe são feitas. Não tem nenhum conhecimento especial. Sim, está de terno e gravata, mas essa é a única diferença visível entre ele e o homem ao lado. *Estamos todos no mesmo barco imundo.*

No vagão lotado, eles não conseguem se sentar, muito menos deitar. Dois baldes servem de sanitários. Assim que enchem, começa uma luta entre os homens, que tentam se afastar do fedor. Os baldes tombam, esparramando seu conteúdo. Lale agarra-se a sua mala, esperando que, com o dinheiro e as roupas que tem, ele possa fazer compras para si no local para onde estão indo ou ao menos começar em um trabalho seguro. *Talvez haja trabalho em que eu possa usar meus idiomas.*

Ele sente que tem sorte por ter encontrado um jeito de ir para a lateral do vagão. Pequenos vãos nas tábuas oferecem vislumbres da paisagem que passa. Respiros de ar fresco mantêm a maré crescente de náusea sob controle. Mesmo sendo primavera, os dias estão chuvosos e encobertos. Às vezes, passam por campos fervilhando de flores primaveris, e Lale sorri sozinho. Flores. Aprendera muito jovem com sua mãe que as mulheres as amavam. Quando seria a próxima vez que poderia dar flores a uma garota? Ele as observa, as cores brilhantes reluzindo diante dos olhos, campos inteiros de papoulas dançando na brisa, uma massa escarlate. Promete que as próximas flores que dará a alguém serão colhidas por ele. Nunca lhe ocorreu que crescessem em tamanha quantidade naturalmente. Sua mãe tinha algumas no jardim, mas nunca as colhia e trazia para dentro de casa. Começa uma lista na cabeça de coisas a fazer "Quando eu chegar em casa...".

Outra briga irrompe. Socos. Gritos. Lale não consegue ver o que está acontecendo, mas sente os corpos se contorcendo e empurrando. Então, veio o silêncio. E da penumbra, as palavras:

— Você o matou.

— Desgraçado sortudo — alguém murmura.

Pobre coitado.

Minha vida é boa demais para terminar nesta latrina.

Há muitas paradas durante a viagem, algumas duram minutos, outras, horas, sempre fora de uma cidade ou vilarejo. Às vezes, Lale tem vislumbres do nome das estações quando passam a toda velocidade: Zwardoń, Dziedzice e, pouco depois, Dankowice, confirmando que estavam na Polônia. A pergunta que não se cala: onde pararão? Lale passa a maior parte do tempo da viagem perdido em pensamentos sobre sua vida em Bratislava: seu trabalho, seu apartamento, seus amigos – suas amigas em especial.

O trem para de novo. Está um breu; as nuvens bloqueiam completamente a lua e as estrelas. A escuridão anuncia seu futuro? *As coisas são como são. O que posso ver, sentir, ouvir e cheirar agora.* Ele vê apenas homens como ele, jovens e em uma jornada ao desconhecido. Ouve o roncar de estômagos vazios e o rascar de gargantas secas. Sente cheiro de mijo e merda e o odor de corpos que não se lavam há tempos. Os homens aproveitam que não estão sendo sacudidos para descansar sem a necessidade de empurrar e se acotovelar por um pedaço de chão. Mais de uma cabeça repousa sobre Lale agora.

Ruídos altos vêm de alguns vagões lá atrás e aos poucos se aproximam. Os homens lá se cansaram e estão tentando uma fuga. Os sons de homens jogando-se contra as laterais de madeira do vagão e o barulho do que deve ser um dos baldes de merda acordam todo mundo. Logo todos os vagões entram em erupção, atacados de dentro para fora.

— Ajude ou saia da frente — um homem grande grita para Lale enquanto ele se joga contra a lateral.

— Não desperdice sua energia — retruca Lale. — Se essas paredes pudessem ser quebradas, não acha que uma vaca já teria feito o serviço?

Vários homens interromperam seus esforços, virando-se furiosamente na sua direção.

Eles processam seu comentário. O trem avança. Talvez aqueles que estão no comando tenham decidido que o movimento vai parar a agitação. Os vagões acalmam-se. Lale fecha os olhos.

Lale voltou à casa dos pais, em Krompachy, Eslováquia, acompanhando as notícias de que judeus em cidades pequenas estavam sendo presos e transportados para trabalhar para os alemães. Sabia que fazia tempo que os judeus não tinham mais permissão para trabalhar e que suas empresas haviam sido confiscadas. Por quase quatro semanas ajudou em casa, consertando coisas com seu pai e seu irmão, construindo camas novas para os sobrinhos que já não cabiam nos berços. Sua irmã era a única na família com uma renda, como costureira. Tinha que sair para o trabalho em segredo antes do amanhecer e voltar depois do anoitecer. Sua chefe estava disposta a assumir o risco por sua melhor funcionária.

Uma noite, ela voltou para casa com um cartaz que mandaram sua chefe pendurar na vitrine da loja. Exigia que toda família judia entregasse um filho com idade a partir de dezoito anos para trabalhar para o governo alemão. Os boatos, rumores sobre o que estava acontecendo nas cidades, finalmente chegaram a Krompachy. Ao que parecia, o governo eslovaco estava se submetendo ainda mais a Hitler, entregando o que ele quisesse. O cartaz advertia em letras garrafais que se alguma família tivesse um filho nessas condições e não o entregasse, a família inteira seria levada a um campo de concentração. Max, irmão mais velho de Lale, disse imediatamente que iria. Max tinha mulher e dois filhos pequenos, que precisavam dele em casa.

Lale apresentou-se ao departamento governamental local em Krompachy, oferecendo-se para a deportação. Os oficiais com quem ele lidou eram seus amigos – tinham frequentado a escola juntos e conheciam as famílias uns dos outros. Disseram para Lale ir até Praga apresentar-se às autoridades adequadas e esperar mais instruções.

* * *

Depois de dois dias, o trem de gado para de novo. Dessa vez há um grande tumulto do lado de fora. Cachorros latem, gritam-se ordens em alemão, parafusos se soltam, as portas dos vagões se abrem com estrépito.

— Desçam do trem, deixem seus pertences! — gritam os soldados. — Vamos, vamos, rápido! Deixem suas coisas no chão!

Como estava do outro lado do vagão, Lale é um dos últimos a sair. Aproximando-se da porta, vê o corpo do homem morto no confronto. Fechando os olhos dele, registra a morte do homem com uma oração rápida. Em seguida, sai do vagão, mas leva consigo o fedor que cobre suas roupas, sua pele, cada fibra de seu ser. Caindo de joelhos dobrados, ele espalma as mãos no cascalho e fica agachado por vários momentos. Arfando. Exausto. Dolorosamente sedento. Levanta-se devagar, olha ao redor para as centenas de homens assustados que estão tentando compreender a cena à sua frente. Cães atacam e mordem aqueles que são mais lentos. Muitos tropeçam, os músculos das pernas recusam-se a funcionar depois de dias sem uso. Malas, pacotes de livros, posses miseráveis são arrancados daqueles que não querem largá-los ou simplesmente não entendem as ordens. São atingidos por um fuzil ou um punho cerrado. Lale examina os homens de uniforme. Preto e ameaçador. Os raios gêmeos brilhantes no colarinho de seus casacos informam a Lale com quem está lidando. A SS. Em circunstâncias diferentes, talvez apreciasse a alfaiataria, a elegância do tecido, o ajuste do corte.

Ele põe a mala no chão. *Como vão saber que esta é a minha?* Com um arrepio, percebe que é improvável que veja a mala ou o seu conteúdo de novo. Ele leva a mão ao coração, ao dinheiro escondido no bolso da jaqueta. Olha para o céu, respira o ar fresco, frio, e lembra ao menos que está ao ar livre.

Um tiro é disparado, e Lale tem um sobressalto. Diante dele está um oficial da SS com uma arma apontada para cima.

— Mexa-se.

Lale olha para o trem vazio. Roupas esvoaçam e livros abrem suas páginas. Vários caminhões chegam, e garotinhos descem deles. Eles agarram os pertences abandonados e os jogam dentro dos caminhões. Um peso instala-se sobre os ombros de Lale. *Desculpe,* mumma, *eles levaram seus livros.*

Os homens arrastam-se na direção dos prédios altos de tijolos de um rosa sujo, com janelas panorâmicas. Árvores ladeiam a entrada, carregadas com as flores primaveris. Enquanto Lale atravessa os portões de ferro, olha para cima e lê as palavras alemãs forjadas no metal.

ARBEIT MACHT FREI
O trabalho liberta

Ele não sabe onde está ou que trabalho esperam que ele faça, mas a ideia de que esse trabalho o libertará dá a impressão de ser uma piada de mau gosto.

SS, fuzis, cães, seus pertences levados – isso ele não foi capaz de imaginar.

— Onde estamos?

Lale vira-se e encontra Aron ao seu lado.

— No fim da linha, eu diria.

Aron abaixa a cabeça.

— Só faça o que lhe disserem e ficará bem. — Lale sabe que não soa extremamente convincente. Dá a Aron um sorriso rápido, que é correspondido. Em silêncio, Lale diz a si mesmo para aceitar seu conselho: *Faça o que lhe disserem. E sempre observe.*

Assim que entram no complexo, os homens são encurralados em fileiras retas. À frente da fila de Lale há um prisioneiro com o rosto escoriado sentado a uma mesa pequena. Usa uma jaqueta e calças de listras verticais azuis e brancas com um triângulo verde no peito. Atrás dele está um oficial da SS com um fuzil em riste.

Nuvens pairam. Um trovão distante estronda. Os homens aguardam.

Um oficial sênior acompanhado por uma escolta de soldados chega à frente do grupo. Tem o queixo quadrado, lábios finos e olhos cobertos por sobrancelhas pretas espessas. Seu uniforme é simples em comparação ao daqueles que o guardam. Não há raios brilhantes. Sua postura mostra claramente que ele está no comando.

— Bem-vindos a Auschwitz.

Descrente, Lale ouve as palavras que saem de uma boca que mal se move. Foi forçado a sair de sua casa e transportado como um animal, agora está cercado por oficiais da SS fortemente armados e é saudado com boas-vindas!

— Sou o comandante Rudolf Hoess. Estou no comando aqui em Auschwitz. Os portões pelos quais os senhores acabaram de entrar diz "O trabalho liberta". Essa é sua primeira lição, a única lição. Trabalhem duro. Façam o que lhes disserem para fazer e sairão livres. Desobedeçam, e haverá consequências. Os senhores serão registrados aqui e depois levados a seu novo lar: Auschwitz Dois – Birkenau.

O comandante examina o rosto de todos. Começa a dizer algo, mas é interrompido por um grande estrondo de trovão. Olha para o céu, murmura algumas palavras entredentes, faz um gesto de dispensa para os homens e se vira para sair. O espetáculo acaba. Sua escolta apressa-se para acompanhá-lo. Uma demonstração desajeitada, mas ainda assim ameaçadora.

O registro começa. Lale observa como os primeiros prisioneiros são empurrados na direção das mesas. Ele está longe demais para ouvir a conversa rápida, consegue apenas ver quando os homens de pijama que estão sentados anotam as informações e entregam a cada prisioneiro um pequeno recibo. Finalmente, é a vez de Lale, que fornece seu nome, endereço, ocupação e nome dos pais. O homem envelhecido à mesa escreve as respostas de Lale em uma caligrafia bonita, floreada, e lhe entrega um pedaço de papel com um número nele. Durante todo o processo, o homem não ergue a cabeça para fitar os olhos de Lale.

Lale olha o número: 32407.

Ele sai arrastando os pés com o fluxo de homens na direção de outro par de mesas, onde outro grupo de prisioneiros listrados porta o triângulo verde, e mais homens da SS estão a postos. Seu desejo por água ameaça dominá-lo. Sedento e exausto, é surpreendido quando o pedaço de papel é arrancado de sua mão. Um oficial da SS puxa a jaqueta de Lale, rasga a manga da camisa e estende o antebraço esquerdo sobre a mesa. Ele encara, perplexo, quando os números 32407 são marcados em sua pele, um após o outro, pelo prisioneiro. O pedaço de madeira com uma agulha presa nele move-se rápida e dolorosamente. Em seguida, o homem pega um trapo mergulhado em tinta verde e esfrega com força sobre o ferimento de Lale.

A tatuagem levou apenas alguns segundos, mas o choque de Lale faz o tempo parar. Ele segura o braço, encarando o número. *Como alguém pode fazer isso a outro ser humano?* Ele imagina se, pelo resto da vida, seja ela curta ou longa, ele será definido por este momento, este número irregular: 32407.

Um cutucão do cabo de um fuzil interrompe o transe de Lale. Ele recolhe a jaqueta do chão e cambaleia para a frente, seguindo os homens à frente até um grande prédio de tijolos com bancos ao longo das paredes. Lembra-o do ginásio na escola em Praga, onde dormiu por cinco dias antes de iniciar sua jornada até ali.

— Tire a roupa.

— Mais rápido, mais rápido.

O SS grita ordens que a maioria dos homens não consegue entender. Lale traduz para aqueles que estão próximos, que passam a palavra adiante.

— Deixem as roupas no banco. Elas estarão aqui depois que vocês tiverem tomado seu banho.

Logo o grupo está tirando calças e camisas, jaquetas e sapatos, dobrando as roupas sujas e deixando-as organizadas nos bancos.

Lale fica contente com a perspectiva de ter água, mas provavelmente não verá as roupas de novo, nem o dinheiro que está dentro delas.

Ele tira as roupas e as deixa no banco, mas a indignação ameaça tomá-lo. Do bolso da calça ele retira um estojo pequeno de fósforos, uma lembrança de prazeres passados, e olha de soslaio para o oficial mais próximo. O homem não está olhando. Lale risca um fósforo.

Talvez seja seu último ato de livre e espontânea vontade. Ele segura o fósforo contra o forro da jaqueta, cobre-a com as calças e corre para se juntar à fileira de homens nos chuveiros. Atrás dele, em segundos, ele ouve os gritos de "Fogo!". Lale olha para trás, vê homens nus se empurrando e se acotovelando para sair da frente enquanto um oficial da SS tenta extinguir as chamas.

Ele ainda não chegou aos chuveiros, mas está trêmulo. *O que eu fiz?* Ele passou vários dias dizendo a todos ao redor para manter a cabeça baixa, obedecer, não enfrentar ninguém, e agora ele foi e iniciou um maldito incêndio dentro do prédio. Resta pouca dúvida sobre o que aconteceria se alguém o apontasse como o incendiário. *Estúpido. Estúpido.*

No bloco dos chuveiros, ele se tranquiliza, respirando profundamente.

Centenas de homens trêmulos estão em pé, ombro a ombro, enquanto a água fria cai sobre eles. Inclinam a cabeça para trás e bebem-na desesperados, apesar do sabor rançoso. Muitos tentam diminuir a vergonha cobrindo os genitais com as mãos. Lale lava o suor, a sujeira e o fedor do corpo e dos cabelos. A água sibila através dos canos e bate no chão. Quando cessa, as portas do vestiário se reabrem e, sem comando, eles voltam para o que agora substituía suas roupas – velhos uniformes do Exército russo e botas.

— Antes de se vestirem, os senhores precisam passar no barbeiro — diz aos homens um oficial da SS com um sorriso forçado. — Para fora... depressa.

Mais uma vez, os homens entram em fila. Eles se movem na direção dos prisioneiros que estão a postos com uma navalha. Quando é a vez de Lale, ele se senta na cadeira com as costas retas e a cabeça aprumada. Observa os oficiais da SS caminhando pela fila, atacando prisioneiros nus com o cabo de suas armas, lançando insultos e gargalhadas cruéis. Lale fica mais empertigado e ergue a cabeça mais alto enquanto seu cabelo é reduzido a um restolho, sem se retrair quando a navalha corta seu couro cabeludo.

Um empurrão nas costas dado por um oficial indica que ele está pronto. Ele segue a fileira até o vestiário, onde se junta à busca por roupas e sapatos de madeira do tamanho correto. Os que estão ali estão sujos e manchados, mas ele consegue encontrar sapatos que mais ou menos servem e torce para que o uniforme russo que pega também sirva. Depois de vestido, ele sai do prédio, conforme foi instruído.

Está escurecendo. Ele caminha pela chuva, mais um entre os incontáveis homens, pelo que lhe parece um longo período. A lama, cada vez mais grossa, dificulta erguer os pés, mas ele se arrasta com determinação. Alguns homens se esforçam ou caem de quatro, e são espancados até se levantarem. Caso não se levantem, são alvejados.

Lale tenta desgrudar o uniforme pesado e imundo da pele, que coça e irrita. Como se não bastasse, o cheiro de lã molhada e a sujeira trazem de volta as lembranças do trem de gado. Lale olha para o céu, tentando engolir o máximo de chuva que consegue. O sabor doce é a melhor coisa que experimenta em dias, a única coisa de que desfruta em dias, a sede agravando sua fraqueza, turvando a visão. Ele engole tudo, juntando as mãos ele suga em desespero. A distância, ele vê holofotes cercando uma área vasta. Seu estado semidelirante faz com que pareçam faróis reluzindo, dançando na chuva, mostrando-lhe o caminho para casa. Chamando, *Venha até mim, vou lhe dar abrigo, calor e alimento. Continue andando*. Mas, ao passar pelos portões, estes sem nenhuma mensagem, sem oferecer um acordo, sem promessa de liberdade em troca de trabalho árduo, Lale percebe que a miragem brilhante desapareceu. Está em outra prisão.

Além daquele pátio, mergulhado na escuridão, há outro complexo. No alto das cercas corre o arame farpado. Lá em cima, nas torres de vigilância, Lale vê os SS apontando fuzis em sua direção. Relâmpagos atingem uma cerca próxima. *São eletrificadas*. O trovão não é alto o suficiente para abafar o som de um tiro, outro homem caído.

— Conseguimos.

Lale vira-se para ver Aron abrindo caminho até ele. Encharcado, desgrenhado. Mas vivo.

— Sim, parece que estamos em casa. Você está acabado.

— Você não se viu. Considere que sou um espelho.

— Não, obrigado.

— E agora, o que vai acontecer? — pergunta Aron, parecendo uma criança.

Acompanhando o fluxo constante de homens, eles mostram o braço tatuado para um oficial da SS que registra o número em uma prancheta, diante de um prédio. Depois de um empurrão vigoroso nas costas, Lale e Aron chegam ao Bloco 7, um barracão grande com treliches em uma parede. Dezenas de homens são forçados a entrar no prédio. Eles cambaleiam e se empurram, abrindo caminho para reclamar um espaço. Se tiverem sorte ou forem agressivos o bastante, poderão compartilhar com apenas um ou dois outros prisioneiros. A sorte não está no lado de Lale. Ele e Aron escalam um treliche até o alto, já ocupado por outros dois prisioneiros. Sem comida por dias, não resta neles muita força para brigar. Lale enrola-se o melhor que pode no saco cheio de palha que faz as vezes de colchão. Ele pressiona as mãos sobre a barriga, tentando diminuir as cólicas que invadem suas entranhas. Vários homens gritam para os guardas:

— Precisamos de comida.

Eles respondem:

— Vão receber alguma coisa pela manhã.

— Estaremos mortos de fome pela manhã — diz alguém no fundo do bloco.

— E em paz — acrescenta uma voz fraca.

— Esses colchões têm feno dentro deles — diz outra pessoa. — Talvez devêssemos continuar agindo como gado e comê-lo.

Poucas risadas baixas. Nenhuma resposta do oficial. E, então, do fundo do dormitório, um hesitante:

— Muuuuuuu...

Gargalhadas. Discretas, mas reais. O oficial, presente, mas invisível, não interrompe, e os homens acabam dormindo com o estômago roncando.

* * *

Ainda está escuro quando Lale acorda, precisando mijar. Ele passa sobre os colegas que dormem, desce até o chão e tateia até o fundo do bloco, pensando que talvez fosse o lugar mais seguro para se aliviar. Ao se aproximar, ele ouve vozes: em eslovaco e alemão. Fica aliviado ao ver que há um reservado, mesmo que rudimentar, para eles cagarem. Longas valas correm atrás do prédio com tábuas postas sobre elas. Três prisioneiros estão sentados sobre a vala, cagando e falando baixinho um com o outro. Da outra ponta do prédio, Lale vê dois SS aproximando-se na penumbra, fumando, rindo, os fuzis pendendo soltos às costas. Os holofotes que piscam no perímetro criam sombras perturbadoras deles, e Lale não consegue entender o que estão dizendo. Sua bexiga está cheia, mas ele hesita.

Juntos, os oficiais jogam os cigarros no ar, erguem os fuzis e abrem fogo. Os corpos dos três que estavam cagando são lançados para trás, dentro da vala. A respiração de Lale fica presa na garganta. Ele pressiona as costas contra o prédio quando os oficiais passam por ele e vê o perfil de um deles: um garoto, só um moleque maldito.

Quando desaparecem na escuridão, Lale faz uma promessa a si mesmo. *Vou sobreviver e sair deste lugar. Vou sair daqui como um homem livre. Se o inferno existir, vou ver esses assassinos queimarem nele.* Ele pensa na família em Krompachy e torce para que sua presença ali ao menos os esteja salvando de um destino semelhante.

Lale alivia-se e volta à treliche.

— O que foram aqueles tiros? — pergunta Aron.

— Não vi.

Aron joga a perna sobre Lale quando tenta descer do treliche.

— Aonde você vai?

— Mijar.

Lale estende a mão até a lateral da cama e agarra a mão de Aron.

— Espere.

— Por quê?

— Você ouviu os tiros — diz Lale. — Espere até amanhecer.

Aron não diz nada, volta para a cama e se deita, os punhos cerrados apertando a virilha com medo e resistência.

Seu pai estava pegando um cliente da estação de trem. O sr. Sheinberg preparou-se para se levantar elegantemente na carruagem enquanto o pai de Lale deixava sua fina mala de couro no assento oposto. De onde ele vinha? Praga? Bratislava? Talvez de Viena? Usando um terno de lã caro, seus sapatos recém-polidos, ele sorriu e falou por um instante com o pai de Lale enquanto ele subia à frente. Seu pai atiçou o cavalo para seguir em frente. Como a maioria dos outros homens que o pai de Lale transportava em seu serviço de táxi, o sr. Sheinberg estava voltando para casa vindo de negócios importantes. Lale queria ser como ele em vez de ser como seu pai.

O sr. Sheinberg não estava com sua mulher naquele dia. Lale amava olhar para a sra. Sheinberg e para outras mulheres que viajavam na carruagem de seu pai, as mãos pequenas cobertas por luvas brancas, os brincos elegantes de pérolas combinando com os colares. Amava as mulheres belas com roupas e joias finas que, às vezes, acompanhavam homens importantes. A única vantagem de ajudar seu pai era abrir a porta para elas, tomar suas mãos enquanto as ajudava a descer, sentir seu perfume, sonhar com a vida que levavam.

2

— Para fora. Todo mundo para fora!

Assovios e latidos. A luz do sol de uma manhã clara passa pela porta para dentro do Bloco 7. Os homens desencostam uns dos outros, descem de suas camas e saem. Permanecem dispersos do lado de fora. Ninguém está preparado para se afastar demais. Eles esperam. E esperam. Aqueles que estavam gritando e assoviando desapareceram. O homens dão passos para frente e para trás, sussurram com os mais próximos. Olhando para os outros blocos, eles veem a mesma cena acontecendo. E agora? Esperam.

Por fim, um oficial da SS e um prisioneiro se aproximam do Bloco 7, que fica em silêncio. Não são feitas apresentações. O prisioneiro diz nomes que lê em uma prancheta. O oficial permanece ao lado, batendo o pé impacientemente, batendo na coxa com o cassetete. Demora um pouco para os prisioneiros perceberem que os números se relacionam às tatuagens feitas no braço esquerdo de todos eles. Quando a chamada termina, dois números não responderam.

— Você — o rapaz que fez a chamada aponta um homem no fim da fila —, volte para dentro para ver se tem mais alguém ali.

O homem olha para ele com olhos questionadores. Não entendeu nem uma palavra. O homem ao lado sussurra a instrução e ele corre para dentro. Alguns momentos depois, ele volta, ergue a mão direita e estica o dedo indicador e o médio: dois mortos.

O oficial dá um passo à frente. Fala em alemão. Os prisioneiros já aprenderam a se calar e a permanecer esperando obedientes, aguardando que alguém entre eles seja capaz de traduzir. Lale entende tudo.

— Vocês farão duas refeições por dia. Uma de manhã e outra à noite. Se sobreviverem até a noite. — Ele faz uma pausa com um sorriso repugnante. — Depois da refeição da manhã, vocês trabalharão até mandarmos que parem. Continuarão com a construção deste campo. Temos muito mais pessoas para trazer para cá. — Seu sorriso contido se torna um sorriso orgulhoso. — Sigam as instruções de seu *kapo* e daqueles que cuidam da programação da construção e verão o sol se pôr.

Ouve-se um som de metal e os prisioneiros se viram e veem um grupo de homens se aproximando, carregando dois caldeirões e várias tigelas pequenas de metal. Era o café da manhã. Alguns prisioneiros começam a seguir em direção ao grupo menor, como se para oferecer ajuda.

— Se alguém se mexer, vai levar tiro — vocifera o oficial da SS, erguendo o fuzil. — Não daremos uma segunda oportunidade.

O oficial sai e o prisioneiro que fez a chamada se dirige ao grupo.

— Vocês ouviram o que ele disse — diz o homem, em alemão com sotaque polonês. — Sou seu *kapo*, seu chefe. Formem duas fileiras para pegar a comida. Quem reclamar sofrerá as consequências.

Os homens se posicionam em fila e vários começam a sussurrar entre si, perguntando se alguém tinha entendido o que "o alemão" disse. Lale traduz para os homens mais próximos dele e pede para eles passarem a informação adiante. Vai traduzir o máximo que puder.

Quando chega à frente da fila, aceita de bom grado um copo pequeno de latão, cujo conteúdo escorre pelas mãos ásperas que o entregam a ele. Ele dá um passo para o lado e examina sua refeição. É marrom, não tem nada sólido e tem um cheiro que ele não consegue identificar. Não é chá, nem café nem sopa. Ele teme vomitar o líquido fedorento se beber devagar. Então, fecha os olhos, aperta as narinas com os dedos e engole tudo. Os outros não são tão bem-sucedidos.

Perto dali, Aron ergue o copo, brincando como se brindasse.

— No meu veio um pedaço de batata, e no seu?

— A melhor refeição que fiz em muito tempo.

— Você é sempre tão positivo?

— Pergunte-me de novo no fim do dia — diz Lale com uma piscadela. Devolvendo o copo vazio ao prisioneiro que o entregou a ele, Lale agradece com um meneio rápido de cabeça e com um sorriso discreto.

O *kapo* grita:

— Quando vocês, preguiçosos de merda, terminarem de comer, voltem para a fila! Têm trabalho a fazer!

Lale passa a instrução adiante.

— Vocês me seguirão — diz o *kapo,* aos gritos — e seguirão as instruções do líder. Se não fizerem direito, eu vou ficar sabendo.

Lale e os outros se veem diante de uma construção parcialmente erguida, uma réplica do bloco onde dormem. Outros prisioneiros já estão ali: carpinteiros e pedreiros trabalhando em silêncio no ritmo estabelecido de pessoas acostumadas a trabalhar juntas.

— Você. Sim, você. Suba no telhado. Pode trabalhar lá em cima.

A ordem é dada a Lale. Olha ao redor e vê uma escada que leva ao telhado. Dois prisioneiros estão ali, agachados, esperando para receber as telhas que estão sendo entregues a eles. Os dois homens abrem espaço quando Lale sobe. O telhado é formado apenas por vigas de madeira para manter as telhas.

— Tome cuidado — um dos operários faz um alerta. — Suba mais no telhado e nos observe. Não é difícil, logo você vai entender como faz. — O homem é russo.

— Meu nome é Lale.

— Apresentações mais tarde, está bem? — Os dois homens se entreolham. — Entendeu?

— Sim — Lale responde em russo. Os homens sorriem.

Lale observa os dois receberem as pesadas telhas de barro de um par de mãos que aparece acima da beirada do telhado, vão até onde as últimas telhas foram dispostas e cuidadosamente as sobrepõem, e então voltam até a escada para pegar a próxima. O russo estava certo – não é um trabalho difícil –, e não demora muito para que Lale se aproxime deles para aceitar e assentar as telhas. No dia quente de primavera, só as dores causadas pela fome e as câibras o impedem de trabalhar no mesmo ritmo dos operários mais experientes.

Depois de algumas horas, eles recebem permissão para fazer um intervalo. Lale segue em direção à escada, mas o russo o interrompe.

— É mais seguro ficar aqui em cima descansando. Ninguém te vê do alto.

Lale segue os homens, que claramente conhecem o melhor lugar onde se sentar e se alongar: o canto onde a madeira mais forte foi usada para reforçar o telhado.

— Há quanto tempo vocês estão aqui? — pergunta Lale assim que eles se acomodam.

— Há cerca de dois meses, acho. Difícil saber depois de um tempo.

— De onde vocês são? Ou melhor, como vieram parar aqui? São judeus?

— Uma pergunta por vez. — O russo ri, e o trabalhador mais novo e maior revira os olhos diante da ignorância do recém-chegado, que ainda descobriria sua função no campo.

— Não somos judeus, somos soldados russos. Nós nos separamos de nossa unidade e os malditos alemães nos pegaram e nos colocaram para trabalhar. E você? Judeu?

— Sim. Faço parte de um grupo grande que foi trazido ontem da Eslováquia, todos judeus.

Os russos se entreolham. O homem mais velho se virou, fechando os olhos, erguendo o rosto ao sol, deixando que o companheiro continuasse a conversa.

— Olhe ao redor. Pode ver daqui de cima quantos blocos estão sendo construídos e quanta terra eles continuam limpando.

Lale se apoia nos cotovelos e observa a área ampla dentro da cerca eletrificada. Blocos como aquele que ele está ajudando a construir se espalham a distância. Sente um arrepio de horror ao pensar no que o lugar pode se tornar. Luta para encontrar algo a dizer em seguida, sem querer dar vazão a sua dor. Volta a se deitar, olhando na direção oposta a de seus companheiros, desesperado para controlar suas emoções. Não deve confiar em ninguém, revelar pouco sobre si mesmo, ser cuidadoso...

O homem o observa com atenção. E diz:

— Soube que a SS se gaba dizendo que este vai ser o maior campo de concentração de todos.

— É mesmo? — pergunta Lale, forçando a voz para ser mais do que um sussurro. — Bem, se vamos construir juntos, seria bom se me dissessem seus nomes.

— Andor — diz ele. — E esse bobão aqui é o Boris. Ele não é de falar muito.

— Falar pode nos matar aqui — Boris murmura ao estender a mão a Lale.

— O que mais vocês podem me dizer sobre as pessoas aqui? — pergunta Lale. — E quem são esses *kapos*, afinal?

— Diga a ele — diz Boris, bocejando.

— Bem, há outros soldados russos como nós, mas não muitos, e há muitos triângulos diferentes.

— Como o triângulo verde que meu *kapo* usa? — pergunta Lale. Andor ri.

— Ah, os verdes são os piores. São criminosos: assassinos, estupradores, homens assim. São bons guardas porque são pessoas terríveis. — Ele continua. — Outros estão aqui por causa de suas visões políticas antialemãs. Eles usam um triângulo vermelho. Você verá alguns, não muitos, com um triângulo preto. Estes são preguiçosos e não duram muito. E, por fim, há você e seus amigos.

— Nós usamos a estrela amarela.

— Sim, você usa a estrela. Seu crime é ser judeu.

— Por que vocês não têm cor? — pergunta Lale.

Andor dá de ombros.

— Somos apenas os inimigos.

Boris ri.

— Eles nos insultam compartilhando nossos uniformes com o resto de vocês. Não podem fazer muito pior do que isso.

Um apito soa e os três homens voltam ao trabalho.

Naquela noite, os homens do Bloco 7 se reúnem em pequenos grupos, para conversar, compartilhar o que aprenderam e questionar. Vários vão para os fundos do abrigo e ali fazem orações a seu Deus. As palavras se misturam e formam algo ininteligível. *Eles estão rezando por orientação, vingança, aceitação?* Para Lale, parece que, sem um rabino para guiá-los, cada homem reza para o que é mais importante para si. E ele decide que é assim que deve ser. Ouvindo, ele se movimenta entre os grupos de homens, mas não participa.

No fim do primeiro dia, Lale já tinha conseguido todas as informações que os colegas de trabalho russos tinham. Pelo resto da semana, ele segue seu próprio conselho: manter a cabeça baixa, fazer o que pediam, nunca reclamar. Ao mesmo tempo, observa todo mundo e tudo ao seu redor. Fica claro para ele, analisando o *design* das construções, que os alemães não têm nenhum conhecimento de arquitetura. Sempre que possível, ele ouve as conversas e os cochichos dos oficiais da SS, que não sabem que ele os compreende. Eles lhe dão o único tipo de munição disponível, conhecimento, que ele guarda para mais tarde. Os oficiais da SS permanecem por perto a maior parte do dia, recostados nas paredes, fumando, mantendo apenas um olho no que acontece. Ao ouvir as conversas, ele fica sabendo que o comandante Hoess é um idiota preguiçoso que quase nunca dá as caras, e que a acomodação dos alemães em Auschwitz é superior a de Birkenau, onde não há acesso a cigarros nem cerveja.

Um grupo de operários se destaca para Lale. Eles são discretos, usam roupas de cidadãos comuns e falam com os oficiais da SS sem temer por sua segurança. Lale decide descobrir quem são aqueles homens. Outros prisioneiros nunca pegam um pedaço de madeira nem de telha, mas caminham de modo casual pelos locais fazendo outras coisas. Seu *kapo* é um desses. *Como conseguir um trabalho assim?* Uma posição como aquela ofereceria a melhor oportunidade de descobrir o que está acontecendo no campo, quais são os planos para Birkenau e, mais importante ainda, para ele.

Lale está no telhado, montando as telhas ao sol, quando vê seu *kapo* vindo em direção a eles.

— Vamos, malditos preguiçosos, trabalhem mais rápido — Lale grita. — Temos um bloco para terminar!

Ele continua gritando ordens quando o *kapo* aparece lá embaixo. Lale criou o hábito de cumprimentá-lo com um meneio de cabeça em deferência. Em uma ocasião, recebeu um aceno discreto como resposta. Conversou com ele em polonês. No mínimo, seu *kapo* o aceitou como um prisioneiro obediente que não causará problemas.

Com um sorriso breve, o *kapo* olha nos olhos de Lale e gesticula para que ele desça do telhado. Lale se aproxima dele com a cabeça baixa.

— Você gosta do que está fazendo, no telhado? — pergunta o *kapo*.

— Faço o que me mandam fazer — responde Lale.

— Mas todo mundo quer uma vida mais fácil, não é?

Lale não diz nada.

— Preciso de um rapaz — diz o *kapo*, brincando com a barra enrugada de sua camisa do Exército russo.

É grande demais para ele, escolhida para fazer com que o homem pequeno pareça maior e mais poderoso do que aqueles a quem ele deve controlar. De sua boca desdentada, Lale sente o cheiro forte de carne parcialmente digerida.

— Você fará o que eu mandar que faça. Trazer minha comida, limpar minhas botas, e deve estar ao meu lado sempre que eu quiser que esteja. Faça isso e posso tornar a vida mais fácil para você; se fracassar, haverá consequências.

Lale permanece ao lado de seu *kapo* como resposta à oferta de trabalho. E se pergunta se, ao passar de construtor a lacaio, está fazendo um acordo com o demônio.

Num belo dia de primavera, não muito quente, Lale observa enquanto um caminhão grande e fechado passa do ponto habitual onde descarrega material de construção. Dá a volta pela parte de trás do prédio da administração. Lale sabe que a cerca-limite não está muito longe dali e nunca ousou aventurar-se por essa área, mas a curiosidade o vence agora. Ele caminha atrás do caminhão com um ar de "Aqui é meu lugar, posso ir aonde quiser".

Ele espia a parte de trás pela extremidade da construção. O caminhão para ao lado do que parecia um furgão prisional. Ele foi adaptado para se tornar uma espécie de bunker, com placas de aço presas em cima das janelas. Lale observa enquanto dezenas de homens nus são guiados para fora do caminhão e levados em direção ao furgão. Alguns entram espontaneamente. Os que resistem são agredidos com o cabo do fuzil. Colegas prisioneiros arrastam os discordantes semiconscientes ao seu destino.

O furgão está tão cheio que os últimos homens a subir se mantêm nos degraus com as pontas dos dedos dos pés, com o traseiro nu para fora da porta. Os oficiais forçam seu peso contra os corpos. E então, as portas são fechadas. Um oficial dá a volta no furgão, raspando as placas de metal, conferindo se tudo está fechado. Um oficial ágil escala até o teto com uma lata na mão. Incapaz de se mexer, Lale observa quando ele abre uma portinhola no teto do ônibus e despeja o conteúdo da lata. Em seguida, ele fecha a portinhola e a tranca. Enquanto o guarda desce depressa, o furgão se chacoalha violentamente e gritos abafados são ouvidos.

Lale cai de joelhos, com ânsia de vômito. Ele permanece ali, nauseado, enquanto os gritos desaparecem.

Quando o furgão fica parado e silencioso, as portas são abertas. Homens mortos caem para fora como pedras.

Um grupo de prisioneiros é guiado para além de outro canto da construção. O caminhão dá a ré e os prisioneiros começam a transferir os corpos para dentro dele, com dificuldade em carregar o peso e tentando esconder seu desespero. Lale testemunhou um ato inimaginável. Ele se levanta sem firmeza, de pé no limiar do inferno, com uma confusão de sentimentos em ebulição dentro dele.

Na manhã seguinte, não consegue se levantar. Está ardendo em febre.

Lale demora sete dias para recuperar a consciência. Alguém está despejando água delicadamente em sua boca. Ele sente um trapo frio e úmido em sua testa.

— Pronto, rapaz — diz uma voz. — Vá com calma.

Lale abre os olhos e vê um homem desconhecido e mais velho olhando com carinho para seu rosto. Ele se ergue apoiando-se nos cotovelos e o desconhecido o ajuda a se sentar. Ele olha ao redor, confuso. Que dia é? Onde está?

— O ar fresco vai lhe fazer bem — diz o homem, segurando Lale pelo cotovelo.

Ele é levado para fora para um dia de céu sem nuvens, que parece feito para a alegria, e estremece ao se lembrar do último dia como aquele. Seu mundo gira e ele cambaleia. O desconhecido o apoia, levando-o a uma pilha de lenha próximo dali.

Puxando para cima a manga da blusa de Lale, ele aponta o número tatuado.

— Eu me chamo Pepan. Sou o *Tätowierer*. O que acha de minha habilidade manual?

— *Tätowierer*? — diz Lale. — Você quer dizer que fez isso em mim?

Pepan dá de ombros, olhando dentro dos olhos de Lale.

— Não tive opção.

Lale balança a cabeça, negando.

— Este número não teria sido a primeira tatuagem que eu escolheria.

— O que teria escolhido? — pergunta Pepan.

Lale sorri maliciosamente.

— Como ela se chama?

— Minha namorada? Não sei. Não nos apresentamos ainda.

Pepan ri. Os dois homens se sentam em silêncio. Lale passa um dedo sobre os números.

— De onde é seu sotaque? — pergunta Lale.

— Sou francês.

— E o que aconteceu comigo? — finalmente pergunta.

— Tifo. Era para você ter morrido cedo.

Lale estremece.

— Então por que estou sentado aqui com você?

— Eu estava passando pelo seu bloco quando seu corpo estava sendo jogado em um carrinho para mortos e moribundos. Um jovem estava implorando para que os oficiais da SS lhe deixassem, dizendo que ele tomaria conta de você. Quando eles foram ao bloco seguinte, ele tirou você do carrinho e começou a arrastá-lo para dentro. Eu fui até lá e o ajudei.

— Há quanto tempo foi isso?

— Sete, oito dias. Desde então, os homens de seu bloco cuidaram de você durante a noite. Passei o máximo de tempo que pude durante o dia cuidando de você. Como se sente?

— Eu me sinto bem. Não sei o que dizer, como agradecer.

— Agradeça ao homem que tirou você do carrinho. Foi a coragem dele que afastou você das presas da morte.

— Farei isso quando descobrir quem foi. Você sabe?

— Não, sinto muito. Não nos apresentamos.

Lale fecha os olhos por alguns instantes, deixando o sol esquentar sua pele, dando-lhe a energia, a vontade, de seguir. Ele ergue os ombros fracos, e a determinação volta a surgir dentro dele. Ainda está vivo. Levanta-se com as pernas trêmulas, espreguiçando-se, tentando respirar vida nova para um corpo enfraquecido que precisa de descanso, de alimento e de hidratação.

— Sente-se, você ainda está muito fraco.

Aceitando o óbvio, Lale faz o que ele manda. Mas agora, suas costas estão mais eretas, sua voz está mais firme. Abre um sorriso a Pepan. O velho Lale voltou, quase tão faminto por informação quanto por comida.

— Vejo que você usa uma estrela vermelha — diz ele.

— Ah, sim, fui um acadêmico em Paris e era sincero demais para o meu próprio bem.

— O que você lecionava?

— Economia.

— E por ser professor de economia veio parar aqui? Como?

— Bem, Lale, um homem que ensina sobre taxação e taxas de juros não consegue não se envolver com a política de seu país. A política nos ajuda a entender o mundo até não o entendermos mais, e, depois, faz com que você acabe em um campo de prisioneiros. A política e também a religião.

— E você vai voltar pra essa vida quando sair daqui?

— Um otimista! Não sei o que meu futuro reserva, nem o seu.

— Não tem bola de cristal, então.

— Não, realmente não.

Em meio ao barulho da construção, dos latidos dos cães e dos gritos dos guardas, Pepan se inclina para a frente e pergunta:

— Você é tão forte na personalidade quanto no físico?

Lale retribui o olhar de Pepan.

— Sou um sobrevivente.

— Sua força pode ser uma fraqueza, de acordo com as circunstâncias em que estivermos. O charme e um sorriso espontâneo podem colocá-lo em perigo.

— Sou um sobrevivente.

— Bem, então talvez eu possa ajudá-lo a sobreviver aqui.

— Você tem amigos em cargos importantes?

Pepan ri e dá um tapa nas costas de Lale.

— Não. Não tenho amigos em cargos importantes. Como eu disse, sou o *Tätowierer*. E me disseram que o número de pessoas que chegarão aqui vai aumentar em breve.

Eles permanecem calados pensando por um momento. Lale pensa que, em algum lugar, alguém está tomando decisões, tirando números de – onde? *Como você decide quem vem para cá? Em qual informação baseia essas decisões? Raça, religião ou política?*

— Você me intriga, Lale. Eu me senti atraído por você. Você teve uma força que nem mesmo seu corpo adoentado pôde esconder. Foi isso que trouxe você a este local, sentado à minha frente hoje.

Lale ouve as palavras, mas tem dificuldades com o que Pepan está dizendo. Eles estão sentados em um lugar onde pessoas estão morrendo todos os dias, todas as horas, todos os minutos.

— Gostaria de trabalhar comigo? — Pepan tira Lale da desolação. — Ou está feliz fazendo o que eles mandam você fazer?

— Faço o que posso para sobreviver.

— Então, aceite minha oferta de trabalho.

— Você quer que eu tatue outros homens?

— Alguém tem que fazer isso.

— Acho que não conseguiria. Marcar uma pessoa, feri-la... dói, sabia?

Pepan levanta a manga para mostrar seu número.

— Dói para diabo. Se você não aceitar o trabalho, alguém com menos cuidado do que você aceitará, e vai machucar essas pessoas ainda mais.

— Trabalhar para o *kapo* não é a mesma coisa que marcar centenas de pessoas inocentes.

Segue-se um longo silêncio. Lale mais uma vez adentra sua escuridão. *Os que tomam as decisões têm família, esposa, filhos, pais? Não é possível que tenham.*

— Você pode dizer isso a si mesmo, mas ainda assim é um fantoche dos nazistas. Seja comigo ou com o *kapo*, ou construindo blocos, ainda assim está fazendo o trabalho sujo deles.

— Você tem um jeito estranho de se expressar.

— E então?

— Então, sim, se você conseguir que seja possível, vou trabalhar para você.

— Não é para mim. É comigo. Mas precisa trabalhar depressa e de modo eficiente, sem causar problemas com o oficial da SS.

— Está bem.

Pepan se levanta e se afasta. Lale agarra a manga de sua camisa.

— Pepan, por que me escolheu?

— Vi um homem meio morto de fome arriscar sua vida para te salvar. Imagino que você deva ser alguém que valha a pena ser salvo. Volto a te procurar amanhã cedo. Agora, descanse um pouco.

Naquela noite, no retorno de seus colegas de bloco, Lale percebe que Aron não está. Ele pergunta aos outros dois com quem divide a cama o que aconteceu com ele, há quanto tempo sumiu.

— Há cerca de uma semana — é a resposta.

Lale sente o estômago revirar.

— O *kapo* não encontrava você — diz o homem. — Aron podia ter dito que você estava doente, mas temia que o *kapo* o colocasse no carro dos mortos de novo se soubesse, então ele disse que você já tinha morrido.

— E o *kapo* descobriu a verdade?

— Não — boceja o homem, exausto do trabalho. — Mas o *kapo* ficou tão fulo que levou Aron mesmo assim.

Lale se esforça para conter as lágrimas.

O segundo colega rola e se apoia nos cotovelos.

— Você colocou ideias grandes na cabeça dele. Ele queria salvar "o escolhido".

— "Salvar o escolhido é salvar o mundo" — Lale completa a frase.

Os homens se rendem ao silêncio por um tempo. Lale olha para o teto, pisca para conter as lágrimas. Aron não é a primeira pessoa a morrer aqui e não será a última.

— Obrigado — diz ele.

— Tentamos continuar o que Aron começou, para ver se nós conseguíamos salvar o escolhido.

— Nós nos revezamos — diz um jovem da cama de baixo — guardando água e dividindo nosso pão com você, forçando-o goela abaixo.

Outro continua a história. Ele surge de uma cama acima, desgrenhado, com olhos azuis tristes, a voz séria, mas ainda assim tomado pela necessidade de contar sua parte da história.

— Trocamos suas roupas sujas. Nós as substituímos pelas de alguém que havia morrido durante a noite.

Lale agora não consegue segurar as lágrimas que rolam por seu rosto macilento.

— Não consigo...

Ele não consegue fazer nada além de agradecer. Sabe que tem uma dívida que não pode pagar, não agora, não aqui, nem nunca, para ser realista.

Ele adormece ao som comovente dos cânticos hebreus entoados por aqueles que ainda se agarram à fé.

Na manhã seguinte, Lale está na fila do café da manhã quando Pepan aparece ao seu lado, segura seu braço em silêncio e o direciona para longe do grupo, rumo ao complexo principal. É ali que os caminhões descarregam a carga humana. Ele se sente como se tivesse entrado em uma cena de uma tragédia clássica. Alguns dos atores são os mesmos, a maioria é nova, com frases não escritas, o papel ainda não determinado. Sua experiência de vida não deu a ele a compreensão do que está acontecendo. Ele se lembra de ter estado ali antes. *Sim, não como um observador, mas como um participante. Qual será meu papel agora?* Ele fecha os olhos e imagina estar diante de outra versão de si mesmo, olhando para o braço esquerdo. Sem número. Abrindo os olhos de novo, ele olha para baixo, para a tatuagem em seu braço esquerdo real, e então de novo para a cena a sua frente.

Ele observa as centenas de novos prisioneiros que estão reunidos ali. Meninos, jovens, com o terror marcado em cada rosto. Agarrados uns aos outros. Abraçados. Oficiais da SS e os cães os pastoreiam como cordeiros indo para o abate. Eles obedecem. Está prestes a ser decidido se eles vão viver ou morrer hoje. Lale para de seguir Pepan e fica paralisado. Pepan volta para onde estava e o guia até algumas mesas pequenas sobre as quais há equipamentos de tatuagem. Os que estão passando pela seleção são levados para uma fila na frente da mesa.

Serão marcados.

Outros recém-chegados – os velhos, enfermos, sem habilidades identificadas – são mortos-vivos.

Um tiro é ouvido. Os homens se retraem. Alguém cai. Lale olha na direção do tiro, mas Pepan segura seu rosto com força e vira sua cabeça para o outro lado.

Um grupo de oficiais da SS, a maioria formada por jovens, caminha em direção a Pepan e a Lale, protegendo um oficial mais velho da SS. Entre quarenta e cinco e cinquenta anos, de costas eretas com um uniforme impecável, a boina posicionada perfeitamente em sua cabeça – um manequim perfeito, Lale acredita.

O oficial da SS para na frente deles. Pepan dá um passo à frente, cumprimentando-o com um meneio de cabeça enquanto Lale observa.

— *Oberscharführer** Houstek, chamei este prisioneiro para ajudar. — Pepan aponta para Lale de pé atrás dele.

Houstek se vira para Lale.

Pepan continua.

— Acredito que ele vai aprender rápido.

Houstek, de olhar frio como aço, olha para Lale e gesticula para que ele dê um passo à frente. Lale obedece.

— Quais línguas você fala?

— Eslovaco, alemão, russo, francês, húngaro e um pouco de polonês — responde Lale, olhando dentro dos olhos do homem.

— Humpf. — Houstek se afasta.

Lale se inclina para a frente e sussurra para Pepan:

---

* *Oberscharführer* é uma patente da SS correspondente ao posto de primeiro-sargento no Exército. (N.T.)

— Um homem de poucas palavras. Significa que o emprego é meu?

Pepan se vira para Lale, com fogo nos olhos e na voz, mas fala baixo.

— Não o subestime. Perca a ousadia, ou vai perder a vida. Da próxima vez que falar com ele, não olhe acima das botas dele.

— Me desculpe — diz Lale. — Não farei isso.

Quando vou aprender?

3

JUNHO DE 1942

Lale desperta devagar, agarrando-se ao sonho que pôs um sorriso em seu rosto. *Fique, fique, me deixe ficar aqui por mais um momento, por favor...*

Embora Lale goste de encontrar todo tipo de gente, ele gosta especialmente de encontrar mulheres. Acha que todas são lindas, independentemente de sua idade, aparência, vestimentas. O ponto alto de sua rotina é caminhar pelo departamento feminino onde trabalha. É quando flerta com as mulheres jovens e não tão jovens que trabalham atrás do balcão.

Lale ouve as portas principais da loja de departamento se abrirem. Ergue os olhos, e uma mulher corre para dentro. Atrás dela, dois soldados eslovacos param na entrada e não a seguem porta adentro. Ele corre até ela com um sorriso tranquilizador.

— Tudo bem — diz ele. — Você está segura aqui comigo.

Ela aceita a mão dele, e ele a conduz na direção de um balcão cheio de frascos extravagantes de perfume. Olhando para vários deles, ele se decide por um e o estende para ela. Ela inclina o pescoço de um jeito brincalhão. Lale borrifa suavemente um dos lados do pescoço da mulher, depois o outro. Seus olhos encontram-se quando ela vira a cabeça. Os dois pulsos são estendidos, e cada um recebe sua recompensa. Ela aproxima um punho do nariz, fecha os olhos e sente o perfume de leve. O mesmo pulso é oferecido a Lale. Tomando com delicadeza a mão, ele a aproxima do rosto enquanto se curva e inala a mistura inebriante de perfume e juventude.

— Sim. Este é para você — diz Lale.

— Vou levá-lo.

Lale entrega o frasco para a vendedora, que começa a embalá-lo.

— Mais alguma coisa que eu possa fazer pela senhorita? — pergunta ele.

Rostos surgem diante dele, jovens mulheres sorridentes dançam ao redor, felizes, aproveitando o máximo da vida. Lale toma o braço da jovem que conheceu no departamento feminino. Seu sonho parece avançar. Lale e a moça entram em um restaurante fino com a iluminação mínima das arandelas. Há uma vela tremeluzente em cada mesa com uma toalha pesada de *jacquard*. Joias caras projetam cores nas paredes. O ruído de talheres de prata sobre a porcelana fina é atenuado pelos sons agradáveis do quarteto de cordas, tocando em um canto. O *concierge* cumprimenta-o calorosamente enquanto pega o casaco da companheira de Lale e os leva até uma mesa. Quando se sentam, o *maître* mostra a Lale uma garrafa de vinho. Sem desviar os olhos da companheira, ele assente com a cabeça, a garrafa é aberta e o vinho servido. Lale e a moça tateiam até pegar as taças e, com os olhos ainda fixos, erguem as mãos e bebericam. O sonho de Lale avança de novo. Ele está quase acordando. *Não*. Agora está fuçando no guarda-roupa, escolhendo um terno, uma camisa, considerando e rejeitando gravatas até encontrar a certa, e faz um nó perfeito. Calça os pés em sapatos polidos. Do criado-mudo, ele pega as chaves e a carteira antes de se curvar, tirar uma mecha rebelde de cabelo do rosto de sua companheira que dorme e beijá-la de leve na testa. Ela se move e sorri. Com voz rouca, ela diz: "Hoje à noite...".

Tiros lá fora catapultam Lale para dentro do mundo real. Ele é chacoalhado por seus colegas de cama enquanto procuram a ameaça. Com a lembrança do corpo acolhedor da mulher ainda persistente, Lale se levanta devagar e é o último a se alinhar para a chamada. O prisioneiro ao seu lado o cutuca quando ele não responde no momento em que seu número é chamado.

— O que foi?

— Nada… tudo. Este lugar.

— É o mesmo de ontem. E será o mesmo amanhã. Você me ensinou isso. O que mudou para você?

— Tem razão… o mesmo, o mesmo. É que, bem, tive um sonho com uma garota que conheci no passado, em outra vida.

— Qual era o nome dela?

— Não consigo lembrar. Não importa.

— Estava apaixonado por ela?

— Eu amei todas, mas, de algum jeito, nenhuma delas conquistou meu coração. Faz sentido?

— Na verdade, não. Eu me conformaria com uma garota para amar e passar o resto da vida.

Chovia há dias, mas naquela manhã o sol ameaça lançar um pouco de luz no sombrio complexo de Birkenau, enquanto Lale e Pepan preparam sua área de trabalho. Eles têm duas mesas, frascos de tinta, muitas agulhas.

— Prepare-se, Lale, aí vêm eles.

Lale ergue os olhos e fica surpreso ao ver dezenas de jovens mulheres sendo escoltadas até eles. Sabia que havia garotas em Auschwitz, mas não ali, não em Birkenau, o inferno dos infernos.

— Algo um pouco diferente hoje, Lale… eles trouxeram algumas garotas de Auschwitz para cá e algumas delas precisam que seus números sejam refeitos.

— Quê?

— Seus números, eles foram feitos com um carimbo que não foi eficiente. Precisamos fazê-los direito. Não é hora de admirá-las, Lale… apenas faça seu trabalho.

— Não posso.

— Faça seu trabalho, Lale. Não diga nada para elas. Não faça nenhuma idiotice.

A fila de garotas serpenteava além de sua visão.

— Não posso fazer isso. Por favor, Pepan, não podemos fazer isso.

— Sim, você pode, Lale. Você precisa fazer. Se não fizer, outra pessoa vai fazer, e não vai adiantar de nada eu ter te salvado. Só faça seu trabalho. — Pepan encara-o. O medo acomoda-se no fundo dos ossos de Lale. Pepan tem razão. Ou ele segue as regras ou arrisca morrer.

Lale começa "o trabalho".

Ele tenta não erguer os olhos. Estende a mão para pegar o pedaço de papel que lhe entregam. Precisa transferir os cinco dígitos à moça que o segura. Já há um número ali, mas se apagou. Ele pressiona a agulha no braço esquerdo dela, fazendo um quatro, tentando ser delicado. O sangue aparece. Mas a agulha não foi fundo o bastante e ele tem que riscar o número de novo. Ela não se retrai com a dor que Lale sabe estar causando. *Eles foram alertados – não digam nada, não façam nada.* Ele limpa o sangue e esfrega a tinta verde no ferimento.

— Depressa! — sussurra Pepan.

Lale está demorando muito. Tatuar braços de homens é uma coisa; machucar o corpo de jovens mulheres é aterrorizante. Ao levantar os olhos, Lale vê um homem de jaleco branco caminhando lentamente ao longo da fileira de moças. De vez em quando, ele para e analisa o rosto e o corpo de uma jovem amedrontada. Por fim, ele se aproxima de Lale. Enquanto Lale segura o braço da garota com o máximo de delicadeza, o homem agarra o rosto dela e o vira com violência de um lado a outro. Lale encara os olhos aterrorizados. Ela mexe os lábios, pronta para falar. Lale aperta seu braço com força para detê-la. Ela olha para ele, e ele faz, sem emitir som:

— *Shh.*

O homem de jaleco branco solta o rosto dela e se afasta.

— Muito bem — sussurra ele ao voltar a tatuar os três dígitos que faltam: 5 6 2.

Ao terminar, segura o braço dela um instante além do necessário, olhando de novo em seus olhos. Ele força um breve sorriso. Ela retribui com um mais discreto. Mas os olhos dela dançam diante dele. Olhando para eles, o coração dele parece, ao mesmo tempo, parar e começar a bater pela primeira vez, forte, quase ameaçando pular para fora do peito. Ele olha para o chão, que treme sob seus pés. Outro pedaço de papel lhe é entregue.

— Depressa, Lale! — Pepan sussurra com urgência.

Quando ele volta a olhar para a frente, ela se foi.

Várias semanas depois, Lale se apresenta para o trabalho, como de costume. Sua mesa e equipamentos já estão a postos, e ele olha ao redor, ansioso, em busca de Pepan. Vários homens estão caminhando na sua direção. Ele fica assustado pela aproximação do *Oberscharführer* Houstek, acompanhado por um jovem oficial da SS. Lale abaixa a cabeça e se lembra das palavras de Pepan: "Não o subestime".

— Vai trabalhar sozinho hoje — murmura Houstek.

Quando Houstek se vira para se afastar, Lale pergunta em voz baixa:

— Onde está Pepan?

Houstek para, vira-se e o encara com raiva. O coração de Lale tem um sobressalto.

— Você é o novo *Tätowierer* agora. — Houstek vira-se para o oficial da SS. — E você será responsável por ele.

Quando Houstek se afasta, o oficial da SS recosta o fuzil no ombro e o aponta para Lale. Lale enfrenta o olhar dele, fitando os olhos negros de um garoto magrelo com um sorriso cruel estampado no rosto. Por fim, Lale baixa os olhos. *Pepan, você disse que este trabalho poderia salvar minha vida. Mas o que aconteceu com você?*

— Parece que meu destino está em suas mãos — rosna o oficial. — O que acha disso?

— Vou tentar não decepcionar o senhor.

— Tentar? É melhor fazer mais que tentar. Você *não* vai me decepcionar.

— Sim, senhor.

— Em que bloco você está?

— Número sete.

— Quando terminar aqui, vou mostrar seu quarto em um dos novos blocos. Ficará lá a partir de agora.

— Estou feliz no meu bloco, senhor.

— Não seja idiota. Vai precisar de proteção, agora que é *Tätowierer*. Agora você trabalha para o Departamento Político da SS… merda, talvez *eu* devesse ter medo de você. — Aquele sorriso de novo.

Tendo sobrevivido àquela rodada de questionamentos, Lale arrisca a sorte.

— Sabe, o processo vai muito mais rápido se eu tiver um assistente.

O oficial da SS dá um passo em direção a Lale, olhando de cima a baixo com desprezo.

— Quê?

— Se eu tiver alguém para me ajudar, o processo será mais rápido e seu chefe ficará feliz.

Como se instruído por Houstek, o oficial vira-se e percorre a fileira de jovens que esperam para ser numerados, todos eles, exceto um, têm a cabeça abaixada. Lale teme por aquele que encara o oficial e fica surpreso quando ele é arrastado pelo braço e encaminhado até Lale.

— Seu assistente. Faça o número dele primeiro.

Lale pega o pedaço de papel do jovem e rapidamente tatua seu braço.

— Qual é o seu nome? — pergunta ele.

— Leon.

— Leon, sou Lale, o *Tätowierer* — diz ele, a voz firme como a de Pepan. — Agora, fique ao meu lado e observe o que estou fazendo. A partir de amanhã, você trabalhará para mim como meu assistente. Talvez isso salve a sua vida.

O sol se pôs quando o último prisioneiro foi tatuado e empurrado na direção de seu novo lar. O guarda de Lale, cujo nome é Baretski, conforme ele descobriu, não havia saído de perto dele. Ele se aproxima de Lale e de seu novo assistente.

— Leve-o para o seu bloco, depois volte aqui.

Lale corre com Leon até o Bloco 7.

— Espere na frente do bloco pela manhã que venho buscar você. Se seu *kapo* quiser saber por que você não está indo com os outros do prédio, diga que agora você trabalha para o *Tätowierer*.

Quando Lale volta à sua estação de trabalho, suas ferramentas haviam sido postas em uma mala de couro e sua mesa havia sido dobrada. Baretski estava em pé, esperando por ele.

— Leve isto para seu quarto novo. Apresente-se toda manhã no prédio da administração para pegar suprimentos e receber instruções de onde vai trabalhar naquele dia.

— Posso conseguir uma mesa extra e suprimentos para Leon?

— Quem?

— Meu assistente.

— Peça na administração tudo do que precisar.

Ele leva Lale a uma área do campo que ainda está em construção. Muitos prédios não estão terminados, e o silêncio sombrio faz Lale estremecer. Um desses novos blocos está concluído, e Baretski mostra a Lale um quarto único localizado logo depois da porta.

— Você dorme aqui — diz Baretski.

Lale põe a mala de ferramentas sobre o chão duro e observa o quarto pequeno e isolado. Já sente falta de seus amigos do Bloco 7.

Em seguida, acompanhando Baretski, Lale fica sabendo que suas refeições agora serão em uma área próxima do prédio da administração. Em seu cargo de *Tätowierer*, ele receberá refeições extras. Eles seguem para o jantar, enquanto Baretski explica.

— Queremos que nossos trabalhadores tenham força. — Ele aponta para Lale pegar um lugar na fila do jantar. — Aproveite ao máximo.

Quando Baretski se afasta, uma concha de sopa rala e um naco de pão são entregues a Lale. Ele os engole de uma vez e está prestes a sair.

— Pode pegar mais se quiser — diz uma voz queixosa.

Lale pega um segundo naco de pão, olhando para os prisioneiros ao redor dele que comem em silêncio, sem trocar brincadeiras, apenas olhares furtivos. A sensação de desconfiança e medo é óbvia. Afastando-se, com o pão enfiado na manga, ele segue para seu antigo lar, o Bloco 7. Ao entrar, ele meneia a cabeça para o *kapo*, que parece ter recebido a mensagem de que Lale não está mais sob seu comando. Lá dentro, Lale agradece os cumprimentos dos muitos homens com quem dividiu o bloco e compartilhou medos e sonhos de outra vida. Quando chega à sua antiga treliche, Leon está sentado lá com os pés pendurados na lateral. Lale olha para o rosto do jovem. Os olhos azuis arregalados têm uma bondade e uma sinceridade que Lale considera ternos.

— Venha aqui fora comigo um momento.

Leon salta da cama e o segue. Todos os olhos pousam sobre os dois. Dando a volta no bloco, Lale puxa o pedaço de pão seco da manga e o oferece a Leon, que o devora. Só agradece depois de terminá-lo.

— Sabia que você tinha perdido o jantar. Agora tenho refeições extras. Vou tentar compartilhá-las com você e com os outros quando puder. Agora, volte lá para dentro. Diga a eles que o arrastei até aqui para aborrecer você. E mantenha a cabeça baixa. Vejo você pela manhã.

— Não quer que eles saibam que você consegue refeições extras?

— Não. Vou ver como são as coisas lá. Não posso ajudar a todos de uma vez, e eles não precisam de mais um motivo para brigar entre si.

Lale observa Leon entrar em seu antigo bloco com uma mistura de sentimentos que acha difícil articular. *Deveria ter medo agora que sou privilegiado? Por que sinto tristeza por ter deixado minha antiga posição no campo, embora ela não me oferecesse nenhuma proteção?* Ele caminha nas sombras dos prédios semiacabados. Está sozinho.

Naquela noite, Lale dorme esticado pela primeira vez em meses. Ninguém para chutar, ninguém para empurrá-lo. Sente-se como um rei no luxo de uma cama própria. E, como um rei, agora precisa estar atento aos motivos por que as pessoas vão querer sua amizade ou lhe confidenciar segredos. *Terão ciúmes? Vão querer meu trabalho? Corro o risco de ser injustamente acusado de alguma coisa?* Ele viu as consequências da ganância e da desconfiança ali. A maioria das pessoas acredita que, se houver menos homens, haverá mais comida circulando. Comida é moeda. Com ela, permanece-se vivo. Ela traz força para se fazer o que pedem. Vive-se mais um dia. Sem ela, enfraquece-se a ponto de não mais se importar. Seu novo cargo aumenta a complexidade da sobrevivência. Ele tem certeza de que, quando saiu de seu bloco e passou pelas camas de homens assolados, ouviu alguém murmurar a palavra "colaborador".

Na manhã seguinte, Lale e Leon estão esperando na frente do prédio da administração quando Baretski chega e o elogia por estar adiantado. Lale está com sua bolsa de couro e a mesa no chão ao seu lado. Baretski diz para Leon ficar onde está e para Lale segui-lo para dentro. Lale olha ao redor da grande área de recepção. Consegue ver os corredores indo em diferentes direções para o que parecem escritórios adjuntos. Atrás da grande mesa da recepção há várias fileiras de pequenas mesas com jovens mulheres, todas trabalhando com diligência – arquivando, transcrevendo. Baretski apresenta-o a um oficial da SS – "Este é o *Tätowierer*" – e lhe diz de novo para pegar suprimentos e instruções ali todos os dias. Lale pede uma mesa e ferramentas extras, pois ele tem um assistente esperando lá fora. O pedido é atendido sem nenhum comentário. Lale suspira aliviado, pois, ao menos, salvou um homem do trabalho duro. Pensa em Pepan e lhe agradece em silêncio. Pega a mesa e põe os suprimentos extras na bolsa. Quando Lale se vira, o funcionário da administração lhe fala em voz alta:

— Carregue essa mala com você o tempo todo, identifique-se com as palavras "*Politische Abteilung*"* e ninguém o incomodará. Devolva-nos os papéis numerados toda noite, mas fique com a mala.

Baretski bufa ao lado de Lale.

— É verdade, com esta mala e aquelas palavras você está seguro, menos de mim, claro. Pise na bola e me cause problemas e não vai ter mala nem palavras que vão te salvar. — A mão do oficial pousa

* Departamento Político.

na pistola, descansa no coldre, abrindo e fechando a fivela. Fechada. Aberta. Fechada. Sua respiração fica cada vez mais profunda.

Lale toma a atitude inteligente, baixa os olhos e vira-se para se afastar.

Os transportes chegam a Auschwitz-Birkenau a toda hora, dia e noite. Não é raro Lale e Leon trabalharem noite adentro. Nesses dias, Baretski mostra seu lado mais desagradável. Grita insultos ou bate em Leon, culpando-o por mantê-lo acordado com sua vagarosidade. Lale rapidamente aprende que os maus-tratos ficam piores se ele tenta impedi-los.

Ao terminar o trabalho nas primeiras horas de uma manhã em Auschwitz, Baretski vira-se para ir embora antes que Lale e Leon guardem as coisas. Então, ele volta, um olhar de indecisão no rosto.

— Ah, foda-se, vocês podem voltar para Birkenau sozinhos. Vou dormir aqui essa noite. Estejam de volta às oito da manhã.

— Como vamos saber que horas são? — pergunta Lale.

— Não dou a mínima como vão fazer, só estejam aqui. E nem pensem em fugir, pois eu mesmo vou caçar vocês, matar os dois e me divertir com isso. — Ele sai cambaleando.

— O que vamos fazer? — pergunta Leon.

— O que o babaca nos disse. Vamos… eu acordo você a tempo para voltarmos.

— Estou tão cansado. Podemos ficar aqui?

— Não. Se você não for visto no seu bloco de manhã, vão procurá-lo. Venha, vamos embora.

Lale acorda com o sol, e ele e Leon caminham por quatro quilômetros de volta a Auschwitz. Esperam mais ou menos uma hora até Baretski aparecer. É óbvio que ele não foi direto para a cama, mas ficou acordado, bebendo. Se seu hálito está ruim, seu humor está pior.

— Vamos lá! — ele berra.

Sem sinal de novos prisioneiros, Lale precisa fazer a pergunta, ainda que relutante.

— Para onde?

— De volta a Birkenau. Os transportes deixaram o último lote lá.

Enquanto o trio caminha os quatro quilômetros de volta a Birkenau, Leon tropeça e cai – a fadiga e a falta de alimentação dominando-o. Ele se ergue. Baretski reduz o passo, aparentemente esperando que Leon os alcance. Quando ele consegue, Baretski estende a perna, fazendo com que o prisioneiro caia de novo. Várias vezes mais durante a jornada, Baretski faz esse joguinho. A caminhada e o prazer que tem em fazer Leon tropeçar parecem deixá-lo sóbrio. A cada vez, ele observa Lale para ver sua reação. Não percebe nada.

Ao chegar a Birkenau, Lale se surpreende ao ver Houstek supervisionando a seleção de quem será enviado a Lale e Leon, vivendo, assim, mais um dia. Começam seu trabalho, enquanto Baretski marcha para lá e para cá ao longo da fila de jovens homens, tentando parecer competente na frente do superior. O berro de um rapaz quando Leon tenta marcar seu braço assusta o garoto exausto. Ele derruba sua agulha de tatuagem. Quando se curva para pegá-la, Baretski o atinge com o cabo do fuzil, jogando-o de cara na terra. Ele põe um pé nas costas do rapaz e pisa forte.

— Conseguiremos acabar mais rápido com o trabalho se deixá-lo se levantar e continuar — diz Lale, observando a respiração de Leon ficar ofegante e alta embaixo da bota de Baretski.

Houstek avança até os três homens e murmura algo para Baretski. Quando Houstek desaparece, Baretski, com um sorriso azedo, pisa com mais força no corpo de Leon antes de soltá-lo.

— Sou apenas um humilde servo da SS. Você, *Tätowierer*, foi posto sob os auspícios do Departamento Político, que responde apenas a Berlim. Foi seu dia de sorte quando o francês apresentou você a Houstek e lhe disse quanto você é inteligente, falando todas aquelas línguas.

Não há resposta correta àquela observação, então Lale continua seu trabalho. Leon, todo enlameado, levanta-se, tossindo.

— Então, *Tätowierer* — diz Baretski, com seu sorriso doentio voltando —, que tal sermos amigos?

Uma vantagem de ser *Tätowierer* é que Lale sabe em que dia eles estão, pois vem escrito na papelada que recebe a cada manhã e que devolve a cada noite. Não é apenas a papelada que lhe diz isso. Domingo é o único dia da semana no qual os outros prisioneiros não são forçados a trabalhar e podem passar o dia perambulando no complexo ou ficando perto de seus blocos, juntos em pequenos grupos – amizades que foram trazidas ao campo, amizades feitas no campo.

É domingo quando ele a vê. Ele a reconhece imediatamente. Eles caminham um na direção do outro, Lale sozinho, ela com um grupo de garotas, todas de cabeça raspada, todas usando a mesma roupa simples. Não há nada que a distinga além daqueles olhos. Negros – não, castanhos. O castanho mais escuro que ele já viu. Pela segunda vez, espreitam a alma um do outro. O coração de Lale tem um sobressalto. Os olhares se mantêm.

— *Tätowierer*! — Baretski pousa a mão no ombro de Lale, quebrando o encanto.

As prisioneiras afastam-se, sem querer ficar perto de um oficial da SS ou de um prisioneiro com quem ele esteja falando. O grupo de garotas espalha-se e a deixa olhando para Lale, que olha para ela. Os olhos de Baretski movem-se de um para o outro enquanto ficam parados em um triângulo perfeito, cada qual esperando o outro se mover. Baretski está com um sorriso astuto. Com coragem, uma das amigas dela avança e a puxa de volta ao grupo.

— Muito bonita — diz Baretski enquanto ele e Lale se afastam.

Lale ignora-o e luta para controlar o ódio que sente.

— Gostaria de conhecê-la?

De novo, Lale se recusa a responder.

— Escreva para ela, diga que gosta dela.

Quanto ele pensa que sou estúpido?

— Vou arrumar papel e uma caneta e levo sua carta para ela. O que me diz? Sabe o nome dela?

4562.

Lale continua caminhando. Sabe que a pena para qualquer prisioneiro pego com caneta e papel é a morte.

— Aonde estamos indo? — Lale muda de assunto.

— Para Auschwitz. *Herr Doktor** precisa de mais pacientes.

Um calafrio percorre o corpo de Lale. Ele se lembra do homem de jaleco branco, as mãos peludas no rosto daquela linda garota. Lale nunca se sentiu tão inquieto perto de um médico quanto naquele dia.

— Mas é domingo.

Baretski ri.

— Ah, você acha que só porque os outros não trabalham no domingo você também vai ter folga? Gostaria de discutir isso com *Herr Doktor*? — A gargalhada de Baretski fica aguda, fazendo Lale sentir a espinha arrepiar. — Por favor, faça isso por mim, *Tätowierer*. Diga ao *Herr Doktor* que é seu dia de folga. Eu adoraria ver isso.

Lale sabe quando calar a boca. Ele avança, aumentando a distância entre ele e Baretski.

* Senhor Médico. (N.T.)

4

Enquanto caminham para Auschwitz, Baretski parece estar tranquilo e enche Lale de perguntas: "Quantos anos você tem?" e "O que você fazia antes de ser trazido aqui?".

Na maior parte do tempo, Lale responde com uma pergunta, e descobre que Baretski gosta de falar de si mesmo. Fica sabendo que o outro é só um ano mais jovem do que ele, mas é onde as semelhanças terminam. Ele fala sobre mulheres como um adolescente. Lale decide que pode fazer essa diferença trabalhar a seu favor e começa a contar a Baretski sobre seus dias bons com as garotas, que tudo depende de respeitá-las e de se preocupar com as coisas para as quais elas dão importância.

— Você já deu flores a uma garota? — pergunta Lale.

— Não, por que eu faria isso?

— Porque elas gostam de um homem que lhes dão flores. Melhor ainda se você mesmo colhê-las.

— Bem, não vou fazer isso. Seria motivo de risada.

— Quem riria?

— Meus amigos.

— Você se refere aos outros homens?

— Bem, sim... Eles pensariam que sou um maricas.

— E o que você acha que a moça que recebe as flores pensaria?

— O que importa o que ela pensa? — Ele começa a sorrir e a pegar suas partes íntimas. — É tudo o que quero delas, e é o que elas querem de mim. Conheço essas coisas.

Lale caminha à frente. Baretski consegue acompanhá-lo.

— O que foi? Eu disse alguma coisa errada?

— Você quer mesmo que eu responda a isso?

— Sim.

Lale dá uma volta ao redor dele.

— Você tem irmã?

— Sim — responde Baretski. — Duas.

— Você trata as garotas como você quer que os homens tratem suas irmãs?

— Mato quem fizer isso com minhas irmãs. — Baretski pega a pistola do coldre e dá vários tiros para cima. — Mato mesmo.

Lale dá um pulo para trás. Os tiros reverberam ao redor deles. Baretski está ofegante, com o rosto vermelho e os olhos escuros.

Lale ergue a mão.

— Entendi. Mas é algo a se pensar.

— Não quero mais falar sobre isso.

Lale descobre que Baretski não é alemão, mas nasceu na Romênia, em uma cidade pequena perto da fronteira da Eslováquia, a poucas centenas de quilômetros da cidade natal de Lale, Krompachy. Ele fugiu de casa e foi para Berlim, entrou para a Juventude Hitlerista e depois para a SS. Detesta o pai, que costumava bater nele e em seus irmãos e irmãs como um louco. Ainda está preocupado com as irmãs, uma mais nova e outra mais velha, que estão em casa.

Mais tarde naquela noite, enquanto voltam caminhando a Birkenau, Lale diz baixinho:

— Vou aceitar sua oferta de caneta e papel, se não se importar. O número dela é 4562.

Depois do jantar, Lale vai em silêncio ao Bloco 7. O *kapo* olha para ele, mas não diz nada.

Lale divide suas refeições extras da noite, apenas algumas cascas de pão, com os amigos do bloco. Os homens conversam e trocam informações. Como sempre, os religiosos convidam Lale para participar de uma oração da noite. Ele declina educadamente e sua recusa é educadamente aceita. É essa a rotina padrão.

* * *

Sozinho em seu quarto, Lale acorda e vê Baretski de pé na frente dele. Não bateu antes de entrar – ele nunca bate –, mas há algo diferente nessa visita.

— Ela está no Bloco 29. — Ele entrega a Lale um lápis e um papel. — Aqui está, escreva para ela e vou cuidar para que ela receba.

— Você sabe o nome dela?

O olhar de Baretski é a resposta. *O que você acha?*

— Volto em uma hora para pegar a carta.

— Volte em duas.

Lale tem dificuldade com as primeiras palavras que escreverá à prisioneira 4562. *Como começar? Como me dirigir a ela?* Por fim, ele decide que será simples: "Olá, meu nome é Lale". Quando Baretski volta, ele entrega a folha com apenas algumas frases escritas. Diz a ela que é de Krompachy, que é da Eslováquia, diz sua idade e a constituição de sua família, que ele acredita estar em segurança. Ele pede a ela para que fique perto do prédio da administração na próxima manhã de domingo. Explica que também tentará ir para lá, e que se não estiver, será por causa de seu trabalho, que não é regulado como o das outras pessoas.

Baretski pega a carta e a lê na frente de Lale.

— Isto é tudo o que você tem a dizer?

— Se tiver mais alguma coisa, direi pessoalmente.

Baretski senta-se na cama de Lale e se inclina para a frente para se gabar do que diria, do que gostaria de fazer, se estivesse na situação de Lale, ou seja, sem saber se estará vivo até o fim da semana. Lale agradece a ele pela ajuda, mas diz que prefere correr seus riscos.

— Tudo bem. Vou entregar esta tal *carta* a ela e deixarei papel e caneta para que responda. Direi que voltarei para pegar sua resposta amanhã cedo, darei a ela a noite toda para pensar se gosta de você ou não.

Ele sorri para Lale ao sair do quarto.

O que eu fiz? Ele colocou a prisioneira 4562 em perigo. Está protegido. Ela, não. Mas, ainda assim, ele quer, precisa, correr o risco.

* * *

No dia seguinte, Lale e Leon trabalham até tarde. Baretski patrulha de perto o tempo todo, com frequência exercitando sua autoridade com as fileiras de homens, usando seu fuzil como cassetete quando não gosta da cara de alguém. Seu sorriso insidioso nunca sai do rosto. Ele adora caminhar de um lado a outro ao longo das filas. Só quando Lale e Leon estão guardando as coisas, ele pega um pedaço de papel do bolso da jaqueta e o entrega a Lale.

— Ah, *Tätowierer* — diz ele —, ela não fala muito. Acho que você deveria escolher outra namorada.

Quando Lale estende a mão para pegar o bilhete, Baretski o puxa para longe de maneira brincalhona. *Certo, se é assim que quer que seja.* Ele se vira e se afasta. Baretski vai atrás dele e lhe entrega o bilhete. Um meneio curto de cabeça é o único agradecimento que Lale está preparado para fazer. Colocando o bilhete na mala, ele caminha em direção à refeição da noite, observando Leon voltar para seu bloco, sabendo que ele provavelmente perdeu o jantar.

Há apenas um resto de comida quando Lale chega. Depois de comer, ele enfia vários pedaços de pão dentro da manga, amaldiçoando o fato de seu uniforme russo ter sido substituído por uma roupa que mais parece um pijama, sem bolsos. Ao entrar no Bloco 7, ele recebe os cumprimentos baixos de sempre. Explica que só tem comida extra suficiente para Leon e talvez mais dois, prometendo tentar conseguir mais amanhã. Diminui o tempo da visita e volta depressa para seu quarto. Precisa ler as palavras escondidas entre suas ferramentas.

Deita-se na cama e segura o bilhete contra o peito, imaginando a prisioneira 4562 escrevendo as palavras que ele tanto quer ler. Por fim, ele o abre.

"Caro Lale", ela começa. Como ele, a mulher escreveu apenas algumas frases cuidadosas. Ela também é da Eslováquia. Está em Auschwitz há mais tempo do que Lale, desde março. Trabalha em um dos armazéns do "Canadá", onde os prisioneiros separam os pertences das vítimas. Ela estará no complexo no domingo. E vai procurá-lo.

Lale relê o bilhete e vira o papel nas mãos muitas vezes. Pegando um lápis da bolsa, ele faz rabiscos escuros na parte de trás da carta: *Seu nome, qual é seu nome?*

Na manhã seguinte, Baretski acompanha Lale a Auschwitz sozinho. O novo transporte é pequeno, o que dá a Leon um dia de descanso. Baretski começa a perturbar Lale a respeito do bilhete e de como ele deve ter perdido o jeito com as moças. Lale ignora a provocação, pergunta se ele tem lido algum livro bom ultimamente.

— Livros? Não leio livros — diz Baretski.

— Pois deveria.

— Por quê? Para que servem os livros?

— Dá para aprender muito com eles, e as moças gostam quando conseguimos citar trechos deles ou recitar poesia.

— Não preciso citar trechos de livros. Tenho esse uniforme, é só do que preciso para conseguir garotas. Elas adoram o uniforme. Tenho uma namorada, sabia? — Baretski se gaba.

Isso é novidade para Lale.

— Que bom. E ela gosta de seu uniforme?

— Com certeza. Ela até o veste e anda marchando e cumprimentando, pensa que é o Hitler. — Com uma risada assustadora, ele a imita, marchando, com o braço erguido. — "*Heil* Hitler! *Heil* Hitler!"

— O fato de ela gostar de uniforme não quer dizer que ela goste de você — diz Lale.

Baretski para de repente.

Lale se arrepende do comentário descuidado. Diminui os passos, analisando se deve voltar e se desculpar. Não. Vai continuar andando e ver o que acontece. Fechando os olhos, ele coloca um pé na frente do outro, um passo por vez, esperando, atento para ouvir o tiro. Ele ouve o barulho de alguém correndo atrás dele. E então, o puxão em uma das mangas.

— É o que você acha, *Tätowierer*? Que ela só gosta de mim por causa do meu uniforme?

Aliviado, Lale se vira para olhar para ele.

— Como eu vou saber do que ela gosta? Por que não me conta mais alguma coisa sobre ela?

Ele não quer saber dessa conversa, mas, por ter escapado de um tiro, sente que não tem escolha. No fim, revela-se que Baretski sabe muito pouco sobre sua "namorada", principalmente porque nunca perguntou sobre ela. Isso é demais para Lale ignorar, e, quando se dá conta, está dando a Baretski mais conselhos sobre como tratar as mulheres. Em sua mente, Lale diz a si mesmo para se calar. Por que se importaria com o monstro a seu lado e se ele vai ser ou não capaz de tratar uma moça com respeito? Na verdade, ele espera que Baretski não sobreviva a este lugar e que não volte a estar com uma mulher na vida.

5

A manhã de domingo chegou. Lale salta da cama e corre para fora. O sol aparece. *Onde está todo mundo? Onde estão os pássaros? Por que não estão cantando?*

— É domingo — ele diz para ninguém em especial.

Ao girar, ele percebe fuzis apontados para ele a partir das torres de vigilância próximas.

— Ai, que merda.

Ele corre de volta para seu bloco enquanto os tiros riscam a quieta alvorada. O guarda parece ter decidido assustá-lo. Lale sabe que este é o único dia em que os prisioneiros "dormem até tarde" ou, ao menos, não precisam sair de seus blocos até a fome dolorosa forçá-los a ir pegar o café preto e o único naco de pão envelhecido. O guarda dispara outra rajada no prédio apenas por diversão.

De volta ao seu quartinho, Lale caminha para lá e para cá, ensaiando as primeiras palavras que dirá para ela.

Você é a garota mais bonita que já vi, ele tentou e descartou. Ele tem certeza de que ela não se sente bonita com a cabeça raspada e usando as roupas de alguém muito maior. Ainda assim, não descarta essa possibilidade por completo. Mas talvez a melhor coisa seja simplificar – *Qual é o seu nome?* – e ver aonde isso levará.

Lale força-se a ficar lá dentro até começar a ouvir os sons, tão familiares para ele agora, do campo despertando. Primeiro a sirene interrompe o sono dos prisioneiros. Depois, os oficiais da SS de ressaca, com muito sono e pouco humor, berram instruções. As jarras de café da manhã ressoam quando são levadas a cada bloco; os prisioneiros que as carregam gemem enquanto ficam cada vez mais fracos e as jarras, mais pesadas a cada minuto.

Ele caminha até a estação de café da manhã e se junta a outros homens que têm qualificação para refeições extras. Há o costumeiro menear de cabeças, erguer de olhos, às vezes um breve sorriso. Não se troca nenhuma palavra. Ele come metade do pão, enfiando o restante na manga, dobrando o punho para impedir que caia. Se puder, vai oferecê-lo a ela. Se não, será de Leon.

Ele observa quando aqueles que não trabalham se misturam aos amigos de outros blocos e se dispersam em pequenos grupos para se sentar e aproveitar o sol de verão, enquanto ele dura. O outono está se aproximando. Ele avança pelo complexo para iniciar sua busca, e então percebe que não está com sua bolsa. *Minha corda de salvação.* Ele nunca sai do quarto sem ela, mas naquela manhã se esqueceu. *Onde estou com a cabeça?* Ele corre de volta ao bloco e reaparece, o rosto rígido, a mala na mão – um homem em uma missão.

Por um tempo que lhe parece uma vida, Lale caminha entre os colegas prisioneiros, conversando com aqueles que conhece do Bloco 7. O tempo todo seus olhos vasculham os grupos de garotas. Ele está falando com Leon quando os pelos de sua nuca se arrepiam, a sensação estranha de estar sendo observado. Ele se vira. Lá está ela.

Está conversando com outras três garotas. Ao perceber que ele a viu, ela para. Lale caminha em direção às garotas, e as amigas dela dão um passo para trás, abrindo um pouco de distância entre elas e o estranho; elas ouviram falar de Lale. Elas a deixam sozinha.

Ele se aproxima da garota, novamente atraído por seus olhos. Suas amigas dão risadinhas silenciosas ao fundo. Ela sorri. Um sorriso breve, hesitante. Lale quase fica sem fala. Mas ele intima sua coragem. Ele entrega a ela o pão e a carta, na qual, incapaz de impedir a si mesmo, ele lhe conta como não consegue parar de pensar nela.

— Qual é o seu nome? — pergunta ele. — Preciso saber seu nome.

Alguém atrás dele diz:

— Gita.

Antes que ele seja capaz de fazer ou falar mais alguma coisa, as amigas de Gita correm e a arrastam para longe, sussurrando perguntas enquanto se afastam.

Naquela noite, Lale deita-se na cama repetindo sem parar o nome dela.

— Gita. Gita. Que nome bonito.

No Bloco 29, no campo das mulheres, Gita está encolhida com as amigas, Dana e Ivana. Um feixe de luz entra por uma fresta pequena na parede de madeira, e Gita se esforça para ler a carta de Lale.

— Quantas vezes você vai ler esse negócio? — pergunta Dana.

— Ah, não sei, até saber de cor — Gita retruca.

— Quando vai ser isso?

— Foi há duas horas. — Gita dá uma risadinha.

Dana abraça a amiga com força.

Na manhã seguinte, Gita e Dana são as últimas a sair do bloco. Saem de braços dados, conversando, sem se dar conta dos arredores. Sem aviso, o oficial da SS diante do bloco atinge Gita nas costas com o fuzil. As duas garotas caem no chão. Gita berra de dor. Ele aponta seu fuzil para que elas se levantem, o que fazem com olhos baixos.

Ele olha para elas com nojo e um rosnado.

— Tirem esse sorriso do rosto. — Ele saca a pistola do coldre e aperta com força contra a têmpora de Gita. Ele dá a instrução para outro oficial: — Nada de comida para elas hoje.

Enquanto ele se afasta, a *kapo* das duas avança e da um tapa rápido no rosto delas.

— Não se esqueçam de onde vocês estão. — Ela se afasta, e Gita pousa a cabeça no ombro de Dana.

— Eu lhe disse que Lale vai falar comigo no próximo domingo, não disse?

* * *

Domingo. Prisioneiros vagueiam pelo complexo sozinhos ou em pequenos grupos. Alguns se sentam, recostados nos prédios, cansados e fracos demais para se mover. Alguns SS circulam por ali, conversando e fumando, ignorando os prisioneiros. Gita e suas amigas caminham, mantendo os rostos impávidos. Todas, menos Gita, falam baixinho. Ela olha ao redor.

Observando Gita e suas amigas, Lale sorri para ela, que mostra um olhar preocupado. Sempre que os olhos dela quase o encontram, ele se esconde atrás de outros prisioneiros. Ele se move devagar na sua direção.

Dana o vê primeiro e está prestes a dizer algo quando Lale leva o dedo aos lábios. Sem interromper o passo, ele estende a mão, pega a de Gita e continua a caminhar. Suas amigas dão risadinhas e se cutucam enquanto Lale leva Gita em silêncio até a parte detrás do prédio da administração, verificando que o guarda na torre mais próxima está relaxado e não olha naquela direção.

Ele se esgueira pela parede do prédio, puxando Gita com ele. Dali, eles conseguem ver a floresta além da cerca perimetral. Gita olha para baixo enquanto Lale a encara intensamente.

— Oi... — diz ele, hesitante.

— Oi — responde ela.

— Espero não ter assustado você.

— Estamos seguros? — Ela lança um olhar para a torre de vigilância próxima.

— Provavelmente não, mas não posso continuar apenas vendo você. Preciso estar com você e falar com você como as pessoas devem fazer.

— Mas não estamos seguros...

— Nunca vai ser seguro. Fale comigo. Quero ouvir sua voz. Quero saber tudo sobre você. Tudo o que sei é seu nome. Gita. É lindo.

— O que você quer que eu diga?

Lale tenta pensar na pergunta correta. Começa por algo comum.

— Que tal… como está seu dia?

Agora ela levanta a cabeça e encara os olhos dele.

— Ah, você sabe como é. Levantei, tomei um belo café da manhã, dei um beijo na mamãe e no papai para me despedir antes de pegar o ônibus para vir ao trabalho. O trabalho foi…

— Tudo bem, tudo bem, desculpe, pergunta idiota.

Sentam-se lado a lado, mas sem olhar um para o outro. Lale ouve a respiração de Gita. Ela bate de leve o polegar na coxa. Por fim, ela diz:

— Como está seu dia?

— Ah, você sabe. Levantei, tomei um belo café da manhã…

Eles se olham e riem em silêncio. Gita cutuca Lale com delicadeza. Suas mãos, por acidente, tocam-se por um instante.

— Bem, se não podemos falar sobre nosso dia, me fale algo sobre você — diz Lale.

— Não há nada o que dizer.

Lale é pego de surpresa.

— Claro que há. Qual é seu sobrenome?

Ela encara Lale, balançando a cabeça.

— Sou apenas um número. Você deveria saber disso. Foi você quem me deu.

— Sim, mas isso é só aqui. Quem é você fora daqui?

— Fora daqui não existe mais. Existe apenas aqui.

Lale levanta-se e a encara.

— Meu nome é Ludwig Eisenberg, mas todo mundo me chama de Lale. Sou de Krompachy, Eslováquia. Tenho mãe, pai, um irmão e uma irmã. — Ele faz uma pausa. — Agora é sua vez.

Desafiadora, Gita fita os olhos dele.

— Sou a prisioneira 4562, em Birkenau, Polônia.

A conversa se esvai em um silêncio inquietante. Ele a observa, seus olhos baixos. Ela está lutando com os próprios pensamentos: o que dizer, o que não dizer.

Lale senta-se de frente para ela dessa vez. Estende a mão como se fosse pegar a dela, mas recua.

— Não quero chatear você, mas me prometa uma coisa?

— O quê?

— Antes de irmos embora, me diga quem você é e de onde vem.

Ela fita os olhos dele.

— Sim, prometo.

— Por ora, fico feliz com isso. Então, eles mandaram você para trabalhar no Canadá?

Gita assente com a cabeça.

— É bom lá?

— É bom. Mas os alemães juntam todos os pertences dos prisioneiros. Comida podre misturada com as roupas. E o mofo... odeio encostar nele, e fede.

— Fico feliz por você não estar lá fora. Falei com alguns homens que conhecem garotas de seu vilarejo que também trabalham no Canadá. Dizem que encontram joias e dinheiro a todo o momento.

— Ouvi falar disso. Parece que só encontro pão mofado.

— Tenha cuidado, sim? Não faça nenhuma idiotice e sempre fique de olho nos SS.

— Aprendi muito bem essa lição, pode confiar.

Uma sirene soa.

— Melhor você voltar para o seu bloco — diz Lale. — Da próxima vez, eu trago um pouco de comida para você.

— Você tem comida?

— Consigo extra. Trago para você. Vejo você no próximo domingo.

Lale levanta-se e estende a mão para Gita. Ela pega a mão dele. Ele a puxa e a põe de pé, segurando a mão dela por um instante a mais que deveria. Não consegue tirar os olhos dela.

— Temos que ir. — Ela interrompe o contato visual, mas mantém o encanto sobre Lale com um sorriso que faz os joelhos dele vacilarem.

6

Semanas se passam; as árvores que cercam o campo soltaram as folhas, os dias se tornaram mais curtos conforme o inverno avança.

Quem são essas pessoas? Lale tem feito essa pergunta desde que chegou ao campo. Esses grupos de pessoas que trabalham nas obras, que aparecem todos os dias com roupas de civis, nunca são vistas quando as ferramentas são largadas. Mais animado depois de passar um tempo com Gita, Lale tem certeza de que pode falar com alguns dos homens sem irritar a SS e levar um tiro por isso. E está com seu escudo em forma de mala.

Lale caminha tranquilamente em direção a um dos prédios novos de alvenaria em construção. Não parecem ser blocos para abrigar prisioneiros, mas hoje Lale não se preocupa em saber para que serão usados. Ele se aproxima de dois homens, um mais velho do que o outro, ocupados em construir, e se agacha ao lado de uma pilha de tijolos que serão assentados. Os dois homens o observam com atenção, diminuindo o ritmo do trabalho. Lale pega um tijolo e finge analisá-lo.

— Não entendo — diz baixinho.

— O que você não entende? — pergunta o mais velho.

— Sou judeu. Eles me marcaram com uma estrela amarela. Ao meu redor, vejo presos políticos, assassinos e preguiçosos que não trabalham. E tem você… que não tem nenhuma marca.

— Isso não é da sua conta, judeu — diz o mais jovem, que não passa de um garoto.

— Só estou sendo simpático. Sabe como é, estou analisando meu ambiente e fiquei curioso em relação a você e a seus amigos. Eu me chamo Lale.

— Suma daqui! — diz o jovem.

— Acalme-se, garoto. Não se incomode com ele — diz o mais velho a Lale, a voz rouca por fumar demais. — Eu me chamo Victor. O tagarela aqui é meu filho Yuri.

Victor estende a mão, que Lale aperta. Lale estende a mão a Yuri, mas ele não o cumprimenta.

— Vivemos aqui perto — Victor explica —, por isso vimos trabalhar aqui todo dia.

— Só quero entender direito. Vocês vêm aqui todo dia porque querem? Ou melhor, vocês recebem para estar aqui?

Yuri se empertiga.

— Isso mesmo, judeu, nós recebemos e vamos para casa toda noite. Vocês...

— Eu mandei se calar, Yuri. Não está vendo que o homem só está sendo simpático?

— Obrigado, Victor. Não estou aqui para causar problema. Como eu disse, só estou observando.

— Para que serve essa mala? — pergunta Yuri, disfarçando por ter sido repreendido na frente de Lale.

— Minhas ferramentas. Minhas ferramentas para tatuar os números nos prisioneiros. Sou o *Tätowierer*.

— Tem muito trabalho — diz Victor, de um jeito espirituoso.

— Em alguns dias, sim. Nunca sei quando os transportes chegam nem com quantas pessoas.

— Fiquei sabendo que o pior carregamento ainda está por vir.

— Está preparado para me contar?

— Esta construção. Vi as plantas. Você não vai gostar de saber o que são.

— Com certeza não pode ser pior do que já acontece aqui. — Lale fica de pé, buscando apoio na pilha de tijolos.

— Chama-se Crematório Um — diz Victor baixinho, e desvia o olhar.

— Crematório. Um. Existe chance de haver um segundo?

— Desculpe, eu disse que você não ia gostar de saber.

Lale soca o último tijolo fixado, e este voa longe, e ele chacoalha a mão, sentindo dor.

Victor procura dentro de uma bolsa que tem perto de si e pega um pedaço de linguiça defumada, envolta em papel-manteiga.

— Olha, leve isso, sei que vocês estão morrendo de fome, e eu tenho muitas de onde peguei esta.

— É nosso almoço! — grita Yuri, correndo para pegar a linguiça da mão estendida do pai.

Victor empurra Yuri para longe.

— Você não vai morrer se ficar sem por um dia. Este homem precisa mais.

— Vou contar para a mamãe quando chegarmos em casa.

— Você deve torcer para eu não contar para ela sobre sua atitude. Você tem muito a aprender sobre ser civilizado, garoto. Que esta seja sua primeira lição.

Lale ainda não pegou a linguiça.

— Desculpe, não queria causar problema.

— Pois causou — grita Yuri, petulante.

— Não causou, não — diz Victor. — Lale, pegue a linguiça, e venha nos ver de novo amanhã. Terei mais para você. Droga... se pudermos ajudar só um de vocês, ajudaremos. Não é, Yuri?

Relutante, Yuri estende a mão a Lale, que aceita.

— Salve o escolhido, salve o mundo — diz Lale bem baixinho, mais para si mesmo do que para os outros.

— Não posso ajudar todos vocês.

Lale aceita o alimento.

— Não tenho nada com que retribuir.

— Não tem problema.

— Obrigado. Mas deve haver um modo com que eu possa pagar. Se eu encontrar um jeito, pode conseguir alguma outra coisa, como chocolate? — Ele queria chocolate. É o que se dá a uma garota, quando possível.

— Tenho certeza de que podemos dar um jeito. É melhor você ir. Tem um oficial começando a prestar atenção em nós.

— Até mais — diz Lale ao enfiar a linguiça em sua bolsa.

Poucos flocos de neve caem ao redor dele enquanto ele volta para seu bloco. Os flocos refletem os últimos raios do sol, iluminados de modo a fazer com que ele se lembre de um caleidoscópio com que brincava na infância.

O que há de errado com essa imagem? Lale está tomado de emoção ao correr de volta para seu bloco. Em seu rosto, a neve derretida não se distingue das lágrimas. O inverno de 1942 começou.

De volta ao seu quarto, Lale pega o pedaço de linguiça e o divide cuidadosamente em pedaços iguais. Rasga tiras de papel-manteiga e embrulha cada pedaço com firmeza antes de colocá-los de novo dentro da bolsa. Ao chegar ao último pedaço, Lale para e analisa o pacote pequeno e satisfatório de comida, ao lado dele, ali, perto de seus dedos sujos. Os dedos que antes eram macios, limpos e gordinhos, que pegavam comida farta, que ele erguia ao dizer aos anfitriões: "Não, obrigado, não poderia comer mais". Balançando a cabeça, ele o coloca dentro da bolsa.

Segue na direção de um dos prédios Canadá. Certa vez, ele perguntou a um homem do Bloco 7 se ele sabia por que aqueles quartos tinham esse nome.

— As moças que trabalham lá sonham com um lugar distante onde há fartura de tudo e onde a vida pode ser o que elas querem que seja. Elas decidiram que o Canadá é esse lugar.

Lale conversou com algumas garotas que trabalham naquele Canadá. Já conferiu todo mundo saindo muitas vezes e sabe que Gita não trabalha ali. Há outras construções às quais ele não tem acesso fácil. Ela deve trabalhar em uma delas. Ele vigia duas garotas com quem já conversou, caminhando juntas. Enfia a mão na bolsa, pega dois pacotinhos e se aproxima delas, sorrindo. Ele se vira e caminha ao lado delas.

— Quero que vocês abram uma das mãos, mas devagar. Vou dar um pedaço de linguiça para cada uma. Abram o embrulho apenas quando estiverem sozinhas.

As duas moças obedecem, sem parar de caminhar, com os olhos atentos a algum oficial da SS que pudesse estar de olho. Assim que pegam o embrulho, cruzam os braços diante do peito tanto para se manter aquecidas quanto para proteger o presente.

— Meninas, soube que às vezes vocês encontram joias e dinheiro... É isso mesmo?

As mulheres se entreolham.

— Não quero colocá-las em risco, mas vocês acham que haveria como pegar um pouco para mim?

Uma delas diz com nervosismo:

— Não deve ser muito difícil. Os homens que cuidam de nosso bloco não prestam mais muita atenção em nós. Acham que somos inofensivas.

— Ótimo. Peguem o que puderem sem causar suspeita, e com isso vou poder comprar para vocês e para os outros alimentos como essa linguiça.

— Você acha que conseguiria um pouco de chocolate? — pergunta uma delas, com os olhos brilhando.

— Não posso prometer, mas vou tentar. Lembrem-se, só pequenas quantidades por vez. Vou tentar voltar amanhã à tarde. Se eu não voltar, há algum lugar seguro onde vocês podem esconder coisas até eu poder entrar em contato?

— Não em nosso bloco. Não podemos fazer isso. Somos revistadas o tempo todo — responde uma delas.

— Verdade — diz a outra. — A neve está se acumulando na parte de trás de nosso bloco. Podemos envolver as coisas em um trapo e escondê-las na neve quando formos ao banheiro.

— Sim, isso é possível — diz a primeira.

— Não podem dizer a ninguém o que estão fazendo, nem de onde estão conseguindo os alimentos, está bem? Isso é muito importante. Suas vidas dependem de seu silêncio. Entenderam?

Uma das moças estende o dedo à frente da boca fechada. Quando se aproximam do complexo das mulheres, Lale se afasta delas e caminha na frente do Bloco 29 por um tempo. Nem sinal de Gita. Que seja. Mas em três dias será domingo de novo.

No dia seguinte, Lale completa seu trabalho no Birkenau dentro de poucas horas. Leon pede a Lale para passar a tarde com ele, querendo uma oportunidade de falar sobre a situação deles sem que um bloco inteiro de homens se esforce para ouvir cada palavra. Lale pede para que ele não faça isso, dizendo não estar se sentindo bem e que precisa descansar um pouco. Eles seguem por caminhos diferentes.

Ele está em conflito. Desesperadamente quer o alimento que Victor traz, mas precisa de algo com que pagar por ele. As moças terminam de trabalhar mais ou menos na mesma hora em que Victor e os outros operários partem. Ele terá tempo suficiente para ver se elas conseguiram pegar alguma coisa? Por fim, decide visitar Victor e garante a ele que está se esforçando para conseguir uma fonte de pagamento.

Com a bolsa na mão, Lale caminha até o bloco em construção. Ele procura Victor e Yuri ao redor. Victor o vê e cutuca Yuri para acompanhá-lo quando se separam dos outros operários. Lentamente, eles se aproximam de Lale, que parou e está fingindo procurar alguma coisa na bolsa. Com a mão estendida, Yuri cumprimenta Lale.

— A mãe dele conversou com ele ontem à noite — diz Victor.

— Sinto muito, não consegui nada com o que pudesse pagar vocês, mas espero ter algo em breve. Por favor, não traga mais nada até eu conseguir pagar pelo que vocês já me deram.

— Tudo bem, temos muito para dar — diz Victor.

— Não, vocês estão se arriscando. O mínimo seria conseguir algo em troca. Apenas me dê um ou dois dias.

Victor tira dois pacotes da bolsa, que ele joga dentro da bolsa aberta de Lale.

— Estaremos aqui no mesmo horário amanhã.

— Obrigado — diz Lale.

— Até mais — diz Yuri, o que faz Lale sorrir.

— Até mais, Yuri.

Em seu quarto, Lale abre os pacotes. Linguiça e chocolate. Ele leva o chocolate ao nariz e cheira. Mais uma vez, parte a comida em pedaços pequenos para que fique mais fácil para as moças esconderem e distribuírem. Ah, ele espera muito que elas sejam discretas. Não quer nem pensar nas consequências se elas não o forem. Guarda uma quantidade pequena de linguiça para o Bloco 7. A sirene de "largar ferramentas" interrompe seus esforços obsessivos para que cada pedaço do alimento seja exatamente do mesmo tamanho. Joga tudo dentro da bolsa e desce correndo em direção ao Canadá.

Não muito longe do complexo das moças, Lale encontra suas duas amigas. Elas veem que ele se aproxima e diminuem o passo, e ficam atrás do grupo de moças que vão para "casa". Ele segura o pacote de comida em uma das mãos, a bolsa aberta na outra, e passa entre as garotas. Sem olhar para ele, cada uma delas joga algo em sua bolsa e ele coloca os alimentos nas mãos delas, que elas enfiam nas mangas. Lale e as moças se afastam na entrada do complexo das mulheres.

Lale não sabe o que vai encontrar nos quatro pedaços de trapos que coloca sobre a cama. Ele os abre delicadamente. Ali dentro há moedas e notas de zloti polonês, diamantes avulsos, rubis e safiras, além de anéis de ouro e prata com pedras preciosas. Lale dá um passo para trás, batendo na porta atrás de si. Está se retraindo ao pensar na triste procedência desses objetos, cada um relacionado a um acontecimento importante na vida de seu dono anterior. Também teme por sua segurança. Se for descoberto com esse tesouro, certamente será morto. Um barulho do lado de fora faz com que ele jogue as joias e o dinheiro dentro da bolsa de novo e se deite na cama. Ninguém entra. Por fim, ele se levanta e leva a bolsa consigo ao sair para a refeição da noite. No refeitório, ele não deixa a bolsa aos pés, como sempre, mas a segura com uma das mãos, tentando não parecer estranho demais. Desconfia de que não consegue.

Mais tarde, separa as pedras preciosas do dinheiro, as pedras soltas das joias, enrolando-as separadamente nos trapos em que vieram. A maior parte do tesouro ele empurra para baixo do colchão. Mantém um rubi e um anel de diamante na bolsa.

Às sete da manhã seguinte, Lale permanece perto dos portões do complexo principal enquanto os operários locais entram. Ele vai até Victor e abre a mão, revelando um rubi e o anel. Victor fecha a mão em cima da de Lale em um cumprimento, pegando as joias na palma da mão. A bolsa de Lale já está aberta e Victor rapidamente transfere alguns pacotes para dentro dela. A aliança entre eles agora está selada.

Victor sussurra:

— Feliz ano novo.

Lale se afasta, e a neve agora cai pesada, cobrindo o campo. O ano de 1943 começou.

7

Embora faça um frio intenso e o complexo esteja uma confusão de neve e lama, Lale está otimista. É domingo. Lale e Gita estarão entre as almas corajosas que caminham no complexo na esperança de um encontro fugaz, uma palavra, um toque de mão.

Ele caminha de um lado para o outro, buscando Gita enquanto tenta afastar o frio dos ossos. Anda na frente do campo das mulheres com a frequência que consegue sem levantar suspeitas. Várias garotas saem do Bloco 29, menos Gita. Quando ele está prestes a desistir, Dana aparece, olhando ao redor no complexo. Ao identificar Lale, ela corre até ele.

— Gita está doente — diz ela assim que se aproxima. — Está doente, Lale. Não sei o que fazer.

Em pânico, o coração dele sobe à garganta ao se lembrar do carrinho dos mortos, da vida por um triz, do homem que cuidou dele até melhorar.

— Preciso vê-la.

— Não pode entrar… nossa *kapo* está num humor terrível. Quer chamar os SS e pedir para levarem Gita embora.

— Não pode permitir. Não deixe que a levem. Por favor, Dana — diz Lale. — O que ela tem? Você sabe?

— Achamos que é tifo. Perdemos várias garotas do nosso bloco essa semana.

— Então ela precisa de remédio.

— E onde vamos arranjar remédio, Lale? Se formos ao hospital pedir um pouco, eles vão simplesmente levá-la embora. Não posso perdê-la. Perdi minha família inteira. Por favor, você pode nos ajudar? — suplica Dana.

— Não a leve ao hospital. Não importa o que faça, não vá para lá. — A mente de Lale está acelerada. — Ouça, Dana… vai levar alguns dias, mas vou tentar conseguir remédio. — Um torpor toma conta dele. Sua visão fica turva. O coração palpita. — Você precisa fazer o seguinte: amanhã pela manhã, leve-a, do jeito que você puder… carregue, arraste, sei lá… mas leve-a até o Canadá. Esconda-a entre as roupas durante o dia, tente fazer com que ela beba o máximo de água que puder, depois a traga de volta ao seu bloco para a chamada. Precisa fazer isso por alguns dias até eu conseguir o remédio, mas precisa fazê-lo. É a única maneira de impedir que ela seja levada ao hospital. Agora vá e cuide dela.

— Tudo bem, posso fazer isso. Ivana vai ajudar. Mas ela precisa do remédio.

Ele agarra a mão de Dana.

— Diga a ela…

Dana espera.

— Diga que vou cuidar dela.

Lale observa Dana correr de volta ao bloco. Ele não consegue se mover. Pensamentos arrastam-se por sua mente. O carrinho da morte que ele vê todo dia – Maria Preta, como o chamam –, ela não pode terminar lá. Esse não pode ser o destino dela. Ele olha ao redor, para as almas corajosas que se aventuraram ali fora. Imagina-as caindo na neve, e deitadas ali, sorrindo para ele, agradecidas à morte por tê-las tirado daquele lugar.

— Você não vai levá-la. Não vou deixar que você a tome de mim — ele grita.

Os prisioneiros afastam-se dele. Os SS preferiram ficar dentro dos prédios naquele dia gélido e escuro, e logo Lale se vê sozinho, paralisado pelo frio e pelo medo. Por fim, ele começa a se mover. A mente reúne-se ao restante do corpo. E ele sai aos tropeços até seu quarto e desmaia na cama.

* * *

Na manhã seguinte, a luz do dia se esgueira para dentro do quarto, que parece vazio, até de si mesmo. Olhando para baixo, lá de cima, ele não se vê. Uma experiência fora do corpo. *Aonde eu fui? Preciso voltar. Tenho uma coisa importante a fazer.* A lembrança do encontro do dia anterior com Dana o traz de volta à realidade com um solavanco.

Ele pega a mala, as botas, joga um cobertor sobre os ombros e corre do quarto até os portões principais. Não vê quem está ao redor. Precisa chegar imediatamente a Victor e Yuri.

Os dois homens chegam com outros em seu destacamento, afundando na neve a cada passo que dão na direção do trabalho. Eles veem Lale e se afastam dos outros, encontrando-o no meio do caminho. Ele mostra a Victor as pedras preciosas e o dinheiro na mão, uma pequena fortuna. Tudo que tem ele deixa cair na bolsa de Victor.

— Remédio para tifo — diz Lale. — Pode me ajudar?

Victor deixa os pacotes de comida dentro da mala aberta de Lale e meneia a cabeça.

— Sim.

Lale corre até o Bloco 29 e observa a distância.

Onde elas estão? Por que não apareceram? Ele caminha de um lado ao outro, alheio aos olhos nas torres que cercam o campo. Precisa ver Gita. Ela precisa ter sobrevivido à noite. Por fim, ele vê Dana e Ivana, com Gita pendurada pelos ombros, fraca. Duas outras garotas ajudam a bloquear a cena que seria vista com facilidade. Lale cai de joelhos ao pensar que aquela pode ser a última vez que ele a vê.

— O que está fazendo ajoelhado aqui? — Baretski aparece atrás dele.

Ele se esforça para ficar em pé.

— Estava me sentindo mal, mas estou bem agora.

— Talvez devesse ver um médico. Sabe que temos vários em Auschwitz.

— Não, obrigado, prefiro pedir que você me dê um tiro.

Baretski saca a pistola do coldre.

— Se você quiser morrer aqui, *Tätowierer*, eu ficaria feliz em lhe fazer este favor.

— Tenho certeza de que você faria, mas não hoje — diz Lale. — Acho que temos trabalho a fazer?

Baretski guarda a arma.

— Auschwitz — diz ele, quando começa a caminhar. — E devolva esse cobertor onde você encontrou. Está ridículo.

Lale e Leon passam a manhã em Auschwitz, tatuando números em recém-chegados assustados e tentando aliviar o choque do procedimento. Mas a mente de Lale está em Gita, e várias vezes ele pressiona forte demais.

À tarde, quando o trabalho termina, Lale se apressa para voltar a Birkenau. Ele encontra Dana perto da entrada do Bloco 29 e lhe dá todo o seu café da manhã.

— Fizemos uma cama para ela com roupas — comenta Dana enquanto esconde a comida nas mangas improvisadas da camisa —, e lhe demos água com pedaços de neve derretidos. Nós a levamos de volta ao bloco essa tarde, mas ela ainda está muito mal.

Lale aperta a mão de Dana.

— Obrigado. Tente dar um pouco de comida para ela. Amanhã terei os remédios.

Ele parte, sua mente em turbilhão. *Eu mal conheço Gita, mas como vou poder viver se ela não sobreviver?*

Naquela noite, o sono lhe escapa.

Na manhã seguinte, Victor coloca o remédio, junto com a comida, na bolsa de Lale.

Naquela tarde, ele consegue entregá-lo a Dana.

À noite, Dana e Ivana sentam-se ao lado de Gita, agora totalmente inconsciente. O poder do tifo é mais forte que elas; a imobilidade obscura tomou-a por completo. Conversam com ela, mas ela não dá sinal de que as ouve. De um pequeno frasco, Dana põe várias gotas do líquido na boca de Gita enquanto Ivana a mantém aberta.

— Acho que não consigo mais levá-la para o Canadá — comenta Ivana, exausta.

— Ela vai melhorar — insiste Dana. — Só mais alguns dias.

— Onde Lale consegue remédio?

— Não precisamos saber. Só sermos gratas por ele ter conseguido.

— Não acha que é tarde demais?

— Não sei, Ivana. Vamos aguentar firme e fazer com que ela sobreviva à noite.

Na manhã seguinte, Lale observa a distância quando Gita é de novo levada na direção do Canadá. Ele vê sua tentativa de erguer a cabeça em algumas ocasiões e fica radiante com a visão. Agora, precisa procurar Baretski.

O quartel principal dos oficiais da SS fica em Auschwitz. Há apenas um pequeno prédio para eles em Birkenau, e é lá que Lale vai na esperança de encontrar Baretski indo ou voltando. Ele aparece depois de muitas horas e parece surpreso em ver que Lale o aguarda.

— Não tem trabalho suficiente para você, hein? — pergunta Baretski.

— Tenho um favor a pedir — diz Lale de uma vez.

Baretski estreita os olhos.

— Não vou fazer mais favor nenhum.

— Talvez um dia eu possa fazer algo por você.

Baretski gargalha.

— O que você poderia fazer por mim?

— Nunca se sabe, mas não lhe agrada que eu lhe deva um favor, só para garantir?

Baretski suspira.

— O que você quer?

— É Gita…

— Sua namorada.

— Pode fazer com que a transfiram do Canadá para o prédio da administração?

— Por quê? Quer levá-la para onde há aquecimento?

— Sim.

Baretski bate o pé algumas vezes.

— Talvez eu precise de um dia ou dois, mas vou ver o que posso fazer. Mas não prometo.

— Obrigado.

— Me deve essa, *Tätowierer*. — O sorriso volta enquanto ele acaricia seu cassetete. — Me deve essa.

Com mais ousadia do que sente ter, Lale diz:

— Ainda não, mas espero que sim. — Ele se afasta com passos alegres. Talvez ele possa deixar a vida de Gita um pouco mais suportável.

No domingo seguinte, Lale caminha lentamente ao lado de Gita, que está se recuperando. Ele quer pôr o braço ao redor dela como viu Dana e Ivana fazendo, mas não ousa. Já é muito bom estar perto dela. Não demora para que ela fique exausta, e está frio demais para se sentar. Ela usa um longo casaco de lã, sem dúvida algo de que as garotas se apropriaram do Canadá sem objeção dos SS. Tem bolsos fundos, e Lale os enche de comida antes de levá-la de volta ao bloco para descansar.

Na manhã seguinte, Gita, trêmula, é escoltada ao prédio principal da administração por um oficial da SS. A jovem não foi avisada de nada e automaticamente teme o pior. Esteve doente e agora estava fraca – é óbvio que as autoridades decidiram que ela não era mais útil. Enquanto o oficial fala com um colega mais velho, Gita olha ao redor da grande sala. Está cheia de mesas verdes antigas e armários de arquivo. Nada está fora do lugar. O que a surpreende mais é o calor. Os SS trabalham ali também, então é claro que há aquecimento. Um grupo misto de prisioneiras e mulheres civis trabalha rápida e silenciosamente, escrevendo, arquivando, sempre de cabeça baixa.

O oficial de escolta leva Gita na direção de uma colega, e Gita cambaleia, ainda sofrendo com os efeitos do tifo. A colega impede sua queda, empurrando-a com rispidez. Então, agarra o braço de Gita e inspeciona sua tatuagem antes de arrastá-la na direção de uma mesa vazia e sentá-la em uma cadeira dura de madeira, ao lado de outra prisioneira vestida como ela. A garota não ergue os olhos, apenas tenta ficar ainda menor, discreta, para ser ignorada pelo oficial.

— Ponha essa daí para trabalhar — rosna o oficial mal-humorado.

Assim que estão sozinhas, a garota mostra a Gita uma longa lista de nomes e informações. Entrega-lhe uma pilha de cartões e indica que ela precisa transcrever as informações de cada pessoa para um cartão e depois para um grande livro encadernado em couro entre elas. Não se fala uma palavra, e um rápido olhar ao redor da sala mostra que Gita precisa manter a boca fechada também.

Mais tarde, naquele dia, Gita ouve uma voz familiar e olha para a frente. Lale entrou no recinto e está entregando papéis a uma das civis que trabalha na recepção. Ao terminar sua conversa, ele lentamente examina todos os rostos. Quando seu olhar passa por Gita, ele pisca. Ela não consegue evitar – ela arfa, e algumas mulheres se viram para olhá-la. A garota ao seu lado cutuca suas costelas enquanto Lale sai às pressas da sala.

Com o término do dia de trabalho, Gita vê Lale em pé, a uma certa distância, observando as garotas saírem do prédio da administração para seus blocos. A forte presença dos SS impede que ele se aproxime. Enquanto as garotas caminham juntas, elas conversam.

— Sou Cilka — diz a nova colega de Gita. — Estou no Bloco 25.

— Sou Gita, Bloco 29.

Quando as garotas entram no campo das mulheres, Dana e Ivana correm até Gita.

— Você está bem? Aonde te levaram? *Por que* te levaram? — questiona Dana, o medo e o alívio estampados no rosto.

— Estou bem. Me levaram para trabalhar no escritório da administração.

— Como...? — pergunta Ivana.

— Lale. Acho que de algum jeito ele conseguiu.

— Mas você está bem. Eles não te machucaram?

— Estou bem. Essa é Cilka. Estou trabalhando com ela.

Dana e Ivana cumprimentam Cilka com um abraço. Gita sorri, feliz que suas amigas estejam aceitando outra garota entre elas tão imediatamente. Durante a tarde inteira, ela ficou preocupada em como as outras reagiriam ao fato de ela agora estar trabalhando em relativo conforto, sem ter que lidar com o frio ou com qualquer esforço físico. Mal poderia culpá-las se ficassem com inveja de seu novo cargo e sentissem que ela já não era mais uma delas.

— Melhor eu ir para o meu bloco — diz Cilka. — Vejo você amanhã, Gita.

Cilka se afasta, e Ivana a observa partir.

— Nossa, ela é bonita. Mesmo vestida em trapos, é bonita.

— Sim, ela é. Ela deu sorrisinhos para mim durante todo o dia, o suficiente para me tranquilizar. Sua beleza não é só exterior.

Cilka vira-se e sorri para as três. Então, com uma das mãos, retira o lenço da cabeça e o acena para elas, revelando o longo cabelo escuro cascateando pelas costas. Avança com a graça de um cisne, uma jovem sem consciência da própria beleza e aparentemente intocada pelo horror ao redor.

— Precisa perguntar para ela como ela mantém o cabelo — diz Ivana, coçando distraída o próprio lenço na cabeça.

Gita puxa seu lenço da cabeça e corre a mão pelo cabelo espetado e curto, sabendo muito bem que logo será removido de novo, raspado até o couro. Seu sorriso desaparece por um instante. Então, ela põe o lenço de volta, dá os braços para Dana e Ivana, e elas partem para a área de refeição.

8

Lale e Leon estão trabalhando sem parar enquanto os alemães arrancam os judeus de toda cidade, município e vila; os da França, da Bélgica, da Iugoslávia, da Itália, da Morávia, da Grécia e da Noruega se unem aos presos já capturados da Alemanha, da Áustria, da Polônia e da Eslováquia. Em Auschwitz, eles tatuam os infelizes que acabam sendo escolhidos pela "equipe médica" de lá. Aqueles que precisam trabalhar são levados em trens a Birkenau, o que poupa Lale e Leon de uma caminhada de ida e volta de oito quilômetros. Mas, com tantas pessoas novas chegando, Lale não consegue buscar os objetos das moças no Canadá, e Victor leva os alimentos de volta para casa todos os dias. Por vezes, quando o fluxo diminui e num momento adequado do dia, Lale pede para ir ao banheiro e vai ao Canadá. O acúmulo de pedras preciosas, joias e dinheiro embaixo de seu colchão aumenta.

O dia virou noite e homens ainda se alinham para serem numerados para o resto da vida, seja uma vida curta ou longa. Lale trabalha mecanicamente, pega o papel, segura o braço estendido, numera. "Pode ir". "Próximo, por favor." Ele sabia que estava cansado, mas o próximo braço é tão pesado que ele o solta. Um homem gigante para na frente dele, uma massa aglomerada de peito, pescoço grosso e membros maciços.

— Estou com muita fome — sussurra o homem.

Lale, então, faz algo que nunca tinha feito.

— Como você se chama? — pergunta ele.

— Jakub.

Lale começa a tatuar o número de Jakub. Quando termina, olha ao redor e observa que os oficiais da SS que os vigiam estão cansados e prestando pouca atenção ao que está acontecendo. Lale coloca Jakub atrás dele, nas sombras, onde as luzes dos refletores não chegam.

— Espere aqui até eu terminar.

Depois de tatuarem o último prisioneiro, Lale e Leon pegam suas ferramentas e a mesa. Lale acena para Leon, se despedindo, e se desculpa por ter de novo perdido a refeição da noite, prometendo pegar algo de seu estoque amanhã de manhã. *Ou seria hoje cedo*? Com Jakub ainda escondido, Lale se demora, para ter certeza de que todos os guardas saíram de perto. Finalmente não tem mais ninguém ao redor. Uma olhada rápida para as torres e ele vê que ninguém está olhando na sua direção. Ele instrui Jakub a segui-lo e eles correm para dentro do quarto de Lale. Este fecha a porta ao entrar e Jakub se senta na cama dele. Lale ergue uma ponta do colchão afundado e pega um pouco de pão e linguiça. Ele os oferece ao homem, que devora tudo de uma vez.

Quando ele termina de comer, Lale pergunta:

— De onde você é?

— Dos Estados Unidos.

— Como você veio parar *aqui*?

— Estava visitando minha família na Polônia e fiquei preso aqui... não consegui sair... e então fomos pegos, e aqui estou. Não sei onde minha família está. Nós fomos separados.

— Mas você mora nos Estados Unidos?

— Sim.

— Porra, que merda.

— Qual é seu nome? — pergunta Jakub.

— Sou Lale. Eles me chamam de *Tätowierer* e, como eu, você vai ficar bem aqui.

— Não entendi. Como assim?

— Por causa do seu tamanho. Os alemães são os babacas mais cruéis da face da Terra, mas não são totalmente idiotas. Eles sabem encontrar a pessoa certa para o trabalho certo e tenho certeza de que encontrarão trabalho para você.

— Que tipo de trabalho?

— Não sei. Você vai ter que esperar pra ver. Você sabe para qual bloco te mandaram?

— Bloco 7.

— Ah, conheço bem. Vamos, vou te ajudar a chegar lá. É melhor que você esteja presente para responder quando seu número for chamado daqui a duas horas.

Dois dias depois, é domingo. Por ter trabalhado nos últimos cinco domingos, Lale sentiu muita saudade de Gita. Hoje, o sol está brilhando enquanto ele caminha pelo complexo à procura dela. Quando dobra a esquina de um bloco, ele se assusta com os gritos e aplausos. Tais barulhos são incomuns no campo. Lale passa por uma multidão para chegar a seu objetivo. Ali, no palco central, cercado por prisioneiros e por oficiais da SS, Jakub está se apresentando.

Três homens levam um pedaço grande de madeira para ele, que o pega e joga longe. Os prisioneiros têm que se esforçar para sair da frente. Outro prisioneiro pega uma vara comprida de metal, que Jakub dobra ao meio. A apresentação prossegue por um tempo, conforme objetos cada vez mais pesados são trazidos para que Jakub possa demonstrar sua força.

A multidão se silencia. Houstek está se aproximando, escoltado pela SS. Jakub continua sua apresentação, alheio à nova plateia. Houstek o observa erguer uma peça de aço acima da cabeça e torcê-la. Já viu o suficiente. Dá um meneio de cabeça a um oficial da SS que está perto dele, e ele avança sobre Jakub. Eles não tentam tocá-lo, mas apontam os fuzis na direção que esperam que ele tome.

À medida que a multidão diminui, Lale vê Gita. Ele corre em direção a ela e às suas amigas. Uma ou outra dá uma risadinha ao vê-lo. O som parece tão impróprio neste campo da morte, mas Lale se delicia com ele. Gita sorri. Pegando-a pelo braço, ele a leva ao lugar deles atrás do prédio administrativo. O chão ainda está frio demais para se sentar, então Gita se recosta no prédio e inclina o rosto para o sol.

— Feche os olhos — Lale diz.

— Por quê?

— Faça o que estou dizendo. Confie em mim.

Gita fecha os olhos.

— Abra a boca.

Ela abre os olhos.

— Feche os olhos e abra a boca.

Gita obedece. Da bolsa, Lale pega um pedaço pequeno de chocolate. Ele o coloca nos lábios dela, deixando-a sentir a textura, e então o empurra devagar um pouco mais para dentro de sua boca. Ela pressiona a língua contra ele. Lale o puxa de volta para os lábios dela. E desliza o chocolate, agora umedecido, delicadamente sobre os lábios de Gita, e ela lambe deliciando-se. Quando ele o empurra para dentro de sua boca, ela dá uma mordida, arrancando um pedaço, arregalando os olhos. Saboreando, ela diz:

— Por que chocolate é bem mais gostoso quando alguém nos serve na boca?

— Não sei. Ninguém nunca me deu chocolate na boca.

Gita pega o pequeno pedaço de chocolate que Lale ainda segura.

— Abra a boca e feche os olhos.

A mesma provocação acontece. Depois de espalhar o resto de chocolate nos lábios de Lale, ela o beija com suavidade, lambendo o que ali ficou. Ele abre os olhos e encontra os dela fechados. Ele a puxa para seus braços e os dois se beijam intensamente. Quando Gita enfim abre os olhos, ela seca as lágrimas que escorrem pelo rosto de Lale.

— O que mais você leva dentro dessa sua bolsa? — pergunta de modo brincalhão.

Lale funga e dá risada.

— Um anel de diamante. Ou prefere de esmeralda?

— Ah, aceito o diamante, obrigada — ela diz, brincando.

Lale procura dentro da bolsa e tira um anel de prata primoroso, com um único diamante nele. Ele o estende a ela, dizendo:

— É seu.

Gita não consegue tirar os olhos do anel, e o sol reflete na pedra.

— Onde conseguiu isso?

— As moças que trabalham em um dos prédios do Canadá encontram joias e dinheiro para mim. É o que uso para comprar os alimentos e os remédios que tenho dado a você e aos outros. Tome, pegue.

Gita estende a mão como se fosse experimentar o anel, mas a puxa de volta.

— Não, fique com ele. Dê a ele uma boa utilidade.

— Está bem. — Lale começa a guardá-lo na bolsa.

— Pare. Deixe-me olhar para ele de novo.

Ele o segura entre dois dedos, virando-o para um lado e para o outro.

— É a coisa mais linda que já vi. Agora guarde-o.

— É a segunda coisa mais linda que já vi — diz Lale, olhando para Gita. Ela cora e vira o rosto.

— Vou comer mais desse chocolate, se ainda tiver.

Lale entrega a ela um quadradinho. Ela arranca um pedaço e o enfia na boca, e fecha os olhos por um momento. Envolve o restante com a manga e a dobra.

— Vamos — ele diz. — Vou levar você de volta até as meninas para que você possa dividir o chocolate com elas.

Gita leva a mão ao rosto dele, acaricia sua face.

— Obrigada.

Lale hesita, desequilibrado pela proximidade.

Gita segura a mão dele e começa a caminhar. Lale é guiado. Quando entram no complexo principal, Lale vê Baretski. Ele e Gita soltam as mãos. Ambos se entreolham e ela entende tudo o que precisa saber. É dolorido se afastar dela sem dizer nada, sem certeza a respeito de quando se encontrarão de novo. Ele caminha em direção a Baretski, que olha para ele com olhos arregalados.

— Estou procurando você — Baretski diz. — Temos trabalho a fazer em Auschwitz.

* * *

Na estrada para Auschwitz, Lale e Baretski repassam detalhes do trabalho, de alguns homens que devem ser punidos com trabalho no domingo. Vários oficiais da SS que os vigiam cumprimentam Baretski, que os ignora. Há algo de muito esquisito nele hoje. Em geral, ele fala bastante, mas hoje seu corpo parece tenso. À frente, Lale vê três prisioneiros sentados no chão, de costas um para o outro, apoiando-se mutuamente, claramente exaustos. Os prisioneiros olham para Lale e para Baretski, mas não tentam se mexer. Sem parar de andar, Baretski pega o fuzil das costas e atira neles repetidas vezes.

Lale paralisa, os olhos travados nos homens mortos. Por fim, olhando para Baretski, que se afasta, Lale se lembra da primeira vez em que viu um ataque repentino a homens indefesos – sentado em uma tábua no escuro. A primeira noite em Birkenau surge em sua mente. Baretski está se afastando ainda mais dele, e Lale teme que ele desconte sua raiva nele em seguida. Ele corre para alcançá-lo, mas mantém uma pequena distância. Ele sabe que Baretski sabe que ele está ali. Mais uma vez, eles chegam aos portões de Auschwitz e Lale olha para as palavras gravadas no alto: ARBEIT MACHT FREI. Em silêncio, ele amaldiçoa qualquer deus que possa estar ouvindo.

9

MARÇO DE 1943

Lale apresenta-se no escritório da administração para pegar instruções. O clima está melhorando lentamente. Não neva há uma semana. Ao entrar, ele passa os olhos pelo escritório para garantir que Gita está onde deve estar. Lá está ela, ainda sentada ao lado de Cilka. As duas ficaram muito próximas, e Dana e Ivana parecem ter aceitado Cilka totalmente em seu pequeno círculo. Sua piscadela costumeira para as duas é reconhecida com sorrisos dissimulados. Ele se aproxima da garota polonesa atrás do balcão.

— Bom dia, Bella. Está um dia lindo lá fora.

— Bom dia, Lale — responde Bella. — Estou com seu trabalho aqui. Disseram-me para falar com você que todos os números hoje precisam ter a letra Z na frente deles.

Lale olha para a lista de números e todos eles têm mesmo a letra Z antes, como um prefixo.

— Sabe o que significa?

— Não, Lale, não me disseram nada. Você sabe mais do que eu. Só sigo instruções.

— Eu também, Bella. Até mais tarde.

Pegando as instruções, Lale parte para a porta.

— Lale — chama Bella.

Ele se vira para ela. Com a cabeça virada na direção de Gita, ela pergunta:

— Não se esqueceu de nada?

Sorrindo para ela, ele vira para Gita e ergue a sobrancelha para ela. Várias garotas levam a mão à boca, de olho na vigia da SS que supervisiona o trabalho.

Leon está esperando no lado de fora. Lale explica as instruções enquanto caminham até a estação de trabalho. Caminhões estão descarregando ali perto, e os homens ficam espantados enquanto observam que há crianças entre aqueles que estão sendo ajudados a descer, junto com homens e mulheres mais velhos. Crianças nunca tinham sido vistas em Birkenau.

— Com certeza não vamos marcar crianças. Não vou fazer isso — anuncia Leon.

— Lá vem o Baretski. Ele vai nos dizer o que fazer. Não diga uma palavra.

Baretski vem a passos largos.

— Vejo que percebeu algo diferente hoje, *Tätowierer*. Esses são seus novos companheiros. Vai dividir o espaço com eles a partir de agora, então é melhor ser gentil. Vão ser em número muito maior que vocês... muito mesmo, na verdade.

Lale não diz nada.

— São a imundície da Europa, piores ainda que vocês. São ciganos, e, por motivos que nunca saberei, o *Führer* decidiu que eles devem viver aqui, com vocês. O que me diz disso, *Tätowierer*?

— Vamos ter que numerar as crianças?

— Vão numerar qualquer um que lhes entregue um número. Vou deixar vocês trabalharem. Estarei ocupado na seleção, então não me façam ter que vir até aqui.

Quando Baretski se afasta, Leon gagueja:

— Não vou fazer isso.

— Vamos esperar e ver o que virá até nós.

Não leva muito tempo até que homens e mulheres, desde bebês de colo a idosos encurvados, cheguem até Lale e Leon, que ficam aliviados em saber que as crianças não seriam numeradas, apesar de algumas que apresentam números pareçam jovens demais para Lale. Ele faz seu trabalho, oferecendo sorrisos às crianças que ficam ao lado enquanto ele numera os pais, e dizendo a uma ou outra mãe que traz uma criança no colo "como seu bebê é bonito". Baretski está bem longe. Ele se esforça mais para numerar as mulheres mais velhas, que parecem mortas-vivas: olhos vazios, talvez cientes de seu destino iminente. Para elas, ele diz um "Desculpe". Sabe que provavelmente não entendem.

No prédio da administração, Gita e Cilka estão trabalhando em suas mesas. Dois oficiais da SS aproximam-se sem aviso. Cilka geme quando um deles a agarra pelo braço, erguendo-a com rispidez. Gita observa enquanto Cilka é levada da sala, olhando para trás com olhos confusos e suplicantes. Gita não vê a oficial administrativa da SS se aproximar até tomar um tapa na cabeça, uma mensagem clara para voltar ao trabalho.

Cilka tenta resistir enquanto é arrastada pelo longo corredor até uma parte desconhecida do prédio. Ela não é páreo para os dois homens que, parando diante de uma porta fechada, a abrem e literalmente arremessam a moça para dentro. Cilka se levanta e olha ao redor. Uma grande cama de dossel domina o recinto. Também há uma cômoda e um criado-mudo com uma luminária e uma cadeira. Alguém está sentado na cadeira. Cilka reconhece-o: *Lagerführer* Schwarzhuber, o comandante-sênior de Birkenau. É um homem imponente, raramente visto no campo. Está sentado, batendo na bota alta de couro com o cassetete. Com um rosto inexpressivo ele encara um espaço acima da cabeça de Cilka. Cilka se recosta à porta. Sua mão vai até a maçaneta. Em um lampejo, o cassetete voa e acerta a mão de Cilka. Ela grita de dor e desliza até o chão.

Schwarzhuber aproxima-se dela e pega seu cassetete. Fica em pé sobre ela. Suas narinas inflam. Ele suspira pesadamente e a encara com raiva. Tira o chapéu e joga-o pelo cômodo. Com a outra mão ele continua a bater forte na própria perna com o cassetete. A cada pancada, Cilka se encolhe, esperando ser atingida. Ele usa o cassetete para erguer a camisa dela. Percebendo o que ele pretende, com mãos trêmulas, Cilka abre os dois botões de cima. Schwarzhuber então encaixa o cassetete sob o queixo da moça e a obriga a levantar-se. Ao lado dele, ela fica minúscula. Os olhos dele parecem não enxergar nada; é um homem cuja alma morreu e o corpo está querendo se rebelar contra ela.

Ele estende os dois braços, e ela interpreta esse gesto como "tire a minha roupa". Ela se aproxima, ainda à distância de um braço, e começa a abrir os muitos botões de sua jaqueta. Uma batida em suas costas com o cassetete a apressa. Schwarzhuber é forçado a soltar o cassetete para que ela possa tirar sua jaqueta. Tomando-a dela, ele a joga para junto do chapéu. Ele tira a própria camiseta. Cilka começa a abrir seu cinto e zíper. Abaixando-se, ela empurra as calças dele até os tornozelos, mas não consegue passá-las por sobre as botas.

Sem equilíbrio, Cilka cai com tudo quando ele a empurra. Abaixando-se de joelhos, ele monta sobre ela. Aterrorizada, Cilka tenta se cobrir enquanto ele arranca sua camisa. Ela sente as costas da mão dele estapearem seu rosto quando ela fecha os olhos e cede ao inevitável.

Naquela noite, Gita corre do escritório para seu bloco, as lágrimas correndo pelo rosto. Dana e Ivana a encontram aos soluços na cama quando chegam pouco tempo depois. Está inconsolável e só consegue dizer a elas que Cilka foi levada.

Seria apenas uma questão de tempo. Desde que havia se tornado *Tätowierer*, Lale tinha um bloco inteiro para si. A cada dia, quando voltava lá, observava o avanço realizado nos prédios que subiam ao redor. Está em um campo claramente definido, dormindo em um quarto individual, em geral reservado em cada bloco para o *kapo*, embora ele não seja *kapo* de ninguém. Sempre soube que mais cedo ou mais tarde os beliches vazios atrás dele seriam ocupados.

Naquele dia, Lale volta ao bloco e observa as crianças correndo lá fora, brincando de pega-pega. A vida não será a mesma. Várias das crianças mais velhas correm até ele e fazem perguntas que ele não entende. Elas descobrem que conseguem se comunicar em uma forma corrompida de húngaro, apesar de nem sempre ser perfeito. Ele mostra seu quarto àquelas que agora dividem o bloco com ele, dizendo em sua voz mais severa que jamais devem entrar ali. Sabe que isso elas entendem, mas vão respeitar? Só o tempo dirá. Ele considera limitada sua compreensão da cultura cigana e imagina que precisará fazer acordos de armazenamento alternativo para o que está sob o seu colchão.

Ele entra no bloco, cumprimenta vários homens com apertos de mão, acena para as mulheres, para as mais velhas em especial. Eles sabem o que ele faz ali, e Lale tenta explicar com mais detalhes. Querem saber o que vai acontecer com eles. Uma questão razoável para a qual ele não tem resposta. Promete que vai lhes dizer qualquer coisa que ouvir que possa afetá-los. Parecem gratos. Muitos lhe dizem que nunca tinham conversado com um judeu antes. Ele também acha que nunca havia falado com um cigano.

Naquela noite, ele tem problemas para dormir enquanto se acostuma com os sons de bebês chorando e crianças implorando comida a seus pais.

10

Em poucos dias, Lale se tornou um romani honorário.

Todas as vezes em que volta ao que agora é oficialmente conhecido como "campo cigano", é recebido por rapazes e garotas, que o cercam e pedem para que ele brinque, ou que tire comida da bolsa. Eles sabem que ele tem acesso a ela, já dividiu um pouco com eles, mas explica que dará o que pode aos adultos, para que eles dividam para aqueles que mais precisam. Muitos dos homens adultos se aproximam dele diariamente, perguntando se ele tem notícias a respeito do destino deles. Ele garante que passará a eles qualquer coisa que souber. Sugere que eles aceitem a situação da melhor maneira possível. E recomenda que providenciem algum tipo de educação para os filhos, ainda que seja apenas contar a eles histórias sobre seu lar, sua família, sua cultura.

Lale fica feliz ao vê-los aceitando a sugestão, e muito satisfeito por ver que as mulheres mais velhas recebem o papel de professoras. Nota nelas uma faísca que antes não existia. É claro que seu retorno sempre interrompe qualquer lição que esteja sendo dada. Às vezes, ele se senta com eles, ouvindo, aprendendo sobre um povo e uma cultura muito diferentes da dele. Costuma fazer perguntas, a que as mulheres ficam felizes em responder, educando ainda mais as crianças que parecem mais interessadas quando Lale faz a pergunta. Por ter passado a vida toda em uma casa com sua família, a vida nômade dos romanis o deixa intrigado. Sua vida de conforto e o conhecimento de seu lugar no mundo, sua educação e as experiências de vida parecem mundanas e previsíveis comparadas às viagens e dificuldades enfrentadas pelas pessoas com as quais ele agora se encontra vivendo. Há uma mulher que ele sempre viu sozinha. Aparentemente, ela não tem filhos nem família, ninguém parece se relacionar com ela nem demonstrar afeto. Muitas vezes, ela é apenas um par extra de mãos para ajudar uma mãe que se esforça com vários filhos. Ela parece ter cerca de cinquenta anos, apesar de Lale ter aprendido que as mulheres e os homens romanis costumam parecer mais velhos do que são.

Certa noite, depois de ajudarem a colocar as crianças para dormir, Lale a segue até o lado de fora.

— Obrigado por ajudar hoje — ele começa.

Ela abre um sorriso tímido para ele e se senta em uma pilha de tijolos para descansar.

— Tenho colocado crianças na cama desde que eu mesma era um bebê. Poderia fazer isso com os olhos fechados.

Lale se senta ao lado dela.

— Não duvido. Mas você não parece ter familiares aqui.

Ela balança a cabeça com tristeza.

— Meu marido e meu filho morreram de tifo. Agora sou só eu. Nadya.

— Sinto muito, Nadya. Gostaria de saber sobre eles. Eu me chamo Lale.

Lale e Nadya passam boa parte daquela noite conversando. Lale fala bastante, e Nadya prefere escutar. Ele conta a ela sobre sua família na Eslováquia e sobre o amor que sente por Gita. Ele descobre que ela tem só quarenta e um anos. O filho dela tinha seis quando morreu, há três anos, dois dias antes do pai. Quando Lale pergunta a opinião dela, descobre que ela dá respostas parecidas com as que sua mãe daria. É isso o que o atrai a ela, que faz com que ele queira protegê-la assim como quer proteger Gita? Ele se vê tomado por saudades intensas de casa. Não consegue ignorar o medo que sente do futuro. Pensamentos sombrios que tem mantido afastados, a respeito de sua família e de sua segurança, o consomem. Se ele não puder ajudá-los, então fará o que puder pela mulher que está à sua frente.

* * *

Alguns dias depois, quando ele retorna para seu campo, um menino pequeno caminha com passinhos hesitantes até ele. Lale pega a criança no colo. O peso e o cheiro do menino fazem com que ele se lembre do sobrinho pequeno do qual se despediu há mais de um ano. Tomado de emoção, Lale volta a colocar a criança no chão e corre para dentro. Pela primeira vez, nenhuma das crianças o segue; algo diz que eles devem manter distância.

Deitado na cama, ele pensa na última vez em que esteve com sua família. A despedida na estação de trem que o levaria a Praga. Sua mãe o havia ajudado a fazer a mala. Secando as lágrimas, ela tirava as roupas que ele havia arrumado na mala e colocava livros "para darem conforto e fazerem com que você se lembre de casa, independentemente de onde esteja".

Enquanto estavam na plataforma, com Lale prestes a embarcar no trem, ele viu lágrimas nos olhos do pai pela primeira vez. Esperava vê-las nos olhos de qualquer outra pessoa, mas não nos de seu pai forte e confiante. Pela janela de seu vagão, ele viu o pai sendo amparado por seu irmão e por sua irmã. Sua mãe correu pela plataforma, braços estendidos, tentando desesperada alcançar seu filhinho. Seus dois sobrinhos menores, alheios ao mundo que mudava ali, corriam inocentemente ao lado do trem, brincando de persegui-lo.

Segurando a mala dentro da qual só havia roupas e os poucos livros que ele havia permitido que a mãe empacotasse, Lale encostou a cabeça na janela e soluçou. Estava tão preso na emoção de sua família que não havia percebido como sua perda era arrasadora.

Repreendendo-se por ter deixado a situação afetá-lo, Lale volta para fora e corre atrás das crianças, deixando que elas o imobilizassem e subissem nele. *Quem precisa de árvore quando se tem um* Tätowierer *em quem se pendurar?* Naquela noite, ele se une a um grupo de homens sentados do lado de fora. Eles compartilham lembranças da vida em família, fascinados com as semelhanças e com as diferenças entre as culturas. Com a emoção do dia ainda bem forte, ele diz:

— Olha, em outra vida, eu não teria nada a ver com você. Provavelmente me afastaria de você ou atravessaria a rua se te visse caminhando na minha direção.

Faz-se silêncio por vários momentos até um dos homens dizer:

— Ei, *Tätowierer*, em outra vida, nós também não teríamos nada a ver com você. Atravessaríamos a rua antes.

A risada entre eles faz com que uma das mulheres saia para pedir que se calem – eles vão acordar as crianças, e então terão problemas. Os homens entram, devidamente repreendidos. Lale permanece ali. Não está cansado o bastante para dormir. Sente a presença de Nadya, e, quando se vira, ela está parada à porta.

— Venha aqui — ele diz.

Nadya se senta ao lado dele, olhando para a noite. Ele observa o rosto dela de perfil. Ela é bem bonita. Os cabelos castanhos não raspados descem em cascatas pelos ombros e esvoaçam sob a brisa suave ao redor de seu rosto, de modo que ela frequentemente prende-os atrás das orelhas. Um gesto tão familiar para ele, um gesto que sua mãe fazia o dia inteiro, todos os dias, quando mechas teimosas escapavam de seu coque apertado, ou por baixo do lenço que as escondiam. Nadya fala com a voz mais naturalmente baixa que ele já ouviu. Ela não está sussurrando – é sua voz. Lale por fim entende o que na voz dela o deixa triste. Ela não tem emoção. Seja contando histórias de tempos felizes com sua família ou a tristeza de estar ali, não há mudança no tom.

— O que seu nome significa? — ele pergunta.

— Esperança. Significa esperança. — Nadya se levanta. — Boa noite — ela diz.

E ela se vai antes de Lale conseguir responder.

11
MAIO DE 1943

O cotidiano de Lale e Leon ainda é imposto pela chegada dos transportes de toda a Europa. Enquanto a primavera dá lugar ao verão, eles não param de chegar.

Naquele dia, a dupla está trabalhando com longas fileiras de prisioneiras. O processo de seleção acontece a uma pequena distância. Estão ocupados demais para prestar atenção. Um braço e um pedaço de papel aparecem diante deles, e eles fazem seu trabalho. Várias e várias vezes. Aquelas prisioneiras são singularmente quietas, talvez sentindo a maldade no ar. Lale ouve de repente alguém começar a assobiar. O tom é familiar, talvez uma ópera. O assobio fica cada vez mais alto, e Lale olha em sua direção. Um homem de jaleco branco está se aproximando. Lale abaixa a cabeça, tentando manter o ritmo de seu trabalho. *Não olhe para os rostos.* Ele pega o papel, faz o número, do jeito que já havia feito milhares de vezes antes.

O assobio para. O doutor agora está ao lado de Lale, exalando um cheiro pungente de desinfetante. Inclinando-se, ele inspeciona o trabalho de Lale e toma o braço que ele está tatuando. Deve estar satisfeito, porque segue adiante tão rápido quanto chegou, arruinando outra melodia. Lale olha para Leon, que havia empalidecido. Baretski materializa-se ao lado deles.

— O que acha de nosso novo médico?

— Na verdade, ele não se apresentou — murmura Lale.

Baretski dá uma risada.

— Este é um médico para o qual você não vai querer ser apresentado, acredite em mim. *Eu* tenho medo dele. O cara dá arrepios. Sabe o nome dele? Mengele, *Herr Doktor* Josef Mengele. Você deveria se lembrar desse nome, *Tätowierer*.

— O que ele está fazendo na seleção?

— *Herr Doktor* informou que estará em muitas das seleções, pois está em busca de pacientes especiais.

— Acho que estar doente não é um critério para ele.

Baretski dobra-se de rir.

— Às vezes, você consegue ser tão engraçado, *Tätowierer*.

Lale volta ao trabalho. Pouco tempo depois, ouve o assobio começar atrás dele, e o som lança um choque de medo tamanho pelo seu corpo que ele desliza e fura a jovem que está tatuando. Ela berra. Lale limpa o sangue que escorre do braço. Mengele aproxima-se.

— Algo de errado aí, *Tätowierer*? Você é o *Tätowierer*, não é? — pergunta Mengele.

Sua voz faz um arrepio descer pelas costas de Lale.

— Senhor, digo, sim, senhor… sou o *Tätowierer*, *Herr Doktor* — gagueja Lale.

Mengele, agora ao lado dele, olha para baixo, os olhos pretos como carvão, desprovidos de compaixão. Um sorriso estranho abre-se em seu rosto. Em seguida, ele se afasta.

Baretski aproxima-se e dá um soco forte no braço de Lale.

— Tendo um dia difícil, *Tätowierer*? Talvez queira tirar uma folga e ir limpar latrinas, que tal?

Naquela noite, Lale tenta limpar o sangue seco de sua camisa com água de uma poça. Quase consegue, mas depois decide que uma mancha será uma lembrança adequada do dia em que conheceu Mengele. Um médico, assim Lale suspeita, que causará mais dor do que alívio, cuja simples existência ameaça de uma forma que Lale não quer nem pensar. Sim, uma mancha deve permanecer para lembrar Lale do novo perigo que invadiu sua vida.

Precisa sempre estar atento a esse homem cuja alma é mais fria que seu bisturi.

No dia seguinte, Lale e Leon se veem em Auschwitz de novo para numerar jovens mulheres. O doutor assobiador está presente. Fica ao lado da fila de garotas, decidindo seu destino com um movimento de mão: direita, esquerda, direita, direita, esquerda, esquerda. Lale não consegue ver nenhuma lógica nas decisões. Estão todas no auge da vida, em forma e saudáveis. Ele vê Mengele observando-o, sendo observado. Lale não consegue desviar os olhos quando Mengele agarra o rosto da próxima garota com as mãos grandes, vira para trás e para a frente, para cima e para baixo, e abre a boca da moça. E, em seguida, com um tapa no rosto, ele a empurra à esquerda. Rejeitada. Lale o encara. Mengele chama um oficial da SS e fala com ele. O oficial olha para Lale e começa a caminhar em sua direção. *Merda.*

— O que o senhor quer? — questiona ele com mais confiança do que realmente sente.

— Cale a boca, *Tätowierer*. — O oficial da SS vira-se para Leon. — Deixe suas coisas e venha comigo.

— Espere um minuto... você não pode levá-lo. Não consegue ver a quantidade de gente que precisa ser numerada? — pergunta Lale, agora aterrorizado por seu jovem assistente.

— Então, é melhor continuar seu trabalho ou vai ter que ficar aqui a noite toda, *Tätowierer*. E o *Herr Doktor* não vai gostar disso.

— Deixe-o em paz, por favor. Deixe a gente continuar o trabalho. Desculpe se fiz alguma coisa que chateou *Herr Doktor* — diz Lale.

O oficial aponta o fuzil para Lale.

— Quer vir também, *Tätowierer*?

Leon diz:

— Eu vou. Tudo bem. Volto assim que puder.

— Desculpe, Leon. — Lale não consegue mais olhar para o amigo.

— Está tudo bem. Vai ficar tudo bem. Volte ao trabalho.

Leon é levado.

* * *

Naquele fim de tarde, Lale, extremamente angustiado, avança sozinho com dificuldade e a cabeça baixa de volta a Birkenau. Algo estranho chama sua atenção, um vislumbre colorido. Uma flor, uma única flor, balançando ao vento. Pétalas vermelho-sangue ao redor de um miolo preto-azeviche. Ele busca outras, mas não há nenhuma. Ainda assim, é uma flor, e ele se pergunta de novo sobre a próxima vez que poderia dar flores a alguém que gostasse. Imagens de Gita e de sua mãe vêm até ele, as duas mulheres que ele mais ama, pairando fora de seu alcance. A tristeza vem em ondas, ameaçando afogá-lo. *As duas se encontrarão um dia? A mais jovem aprenderá com a mais velha? Mamãe receberá e amará Gita como eu amo?*

Ele aprendeu e praticou a arte do flerte com a mãe. Embora tivesse razoável certeza de que ela não percebia o que ele estava fazendo, ele sabia; sabia o que estava fazendo, aprendeu o que funcionava com ela e o que não funcionava, e rapidamente compreendeu o que era comportamento adequado e inadequado entre um homem e uma mulher. Ele suspeitava que todos os homens jovens iniciavam esse processo de aprendizagem com as mães, embora ele sempre se perguntasse se tinham consciência disso. Ele abordou o assunto com vários amigos, que reagiram com choque, alegando que não faziam essas coisas. Quando ele questionava se eles escapavam mais impunes das mães ou dos pais, todos admitiram comportamentos que podiam ser interpretados como flerte – pensavam que estavam apenas dobrando a mamãe porque ela era mais branda que o papai. Lale sabia exatamente o que estava fazendo.

A conexão emocional com a mãe moldou a maneira como ele se relacionava com garotas e mulheres. Ele era atraído por todas as mulheres, não apenas física, mas emocionalmente. Ele amava falar com elas, amava fazê-las se sentirem bem consigo mesmas. Para ele, todas as mulheres eram bonitas, e ele acreditava que não fazia mal lhes dizer isso. Sua mãe e também a irmã ensinaram Lale de forma subliminar o que uma mulher queria de um homem, e desde então ele passou a vida tentando pôr em prática essas lições. "Seja atencioso, Lale; lembre-se das pequenas coisas, e as grandes se resolverão sozinhas." Ele ouviu a voz doce da mãe.

Ele se curva e delicadamente arranca o caule curto. Encontrará uma maneira de entregá-la a Gita amanhã. De volta ao quarto, Lale deixa a flor preciosa com cuidado ao lado da cama antes de cair em um sono sem sonhos. Mas na manhã seguinte, quando ele acorda, as pétalas de sua flor haviam caído e jazem murchas ao lado do miolo preto. *Apenas a morte persiste neste lugar.*

12

Lale não quer mais olhar para a flor, por isso sai do bloco para jogá-la fora. Baretski está ali, mas Lale o ignora, preferindo voltar para dentro, para seu quarto. Baretski o acompanha e se encosta à porta. Examina Lale e sua expressão aflita. Lale está ciente de que está sentado sobre uma fortuna de pedras preciosas, dinheiro, linguiça e chocolate. Ele pega a bolsa e passa por Baretski, forçando-o a se virar e a acompanhá-lo para fora.

— Espere, *Tätowierer*. Preciso falar com você.

Lale para.

— Tenho um pedido para você.

Lale permanece em silêncio, olhando para um ponto além do ombro de Baretski.

— Nós — quero dizer, meus colegas oficiais e eu — precisamos de divertimento, e, como o tempo está melhorando, estamos pensando em um jogo de futebol. O que você acha?

— Tenho certeza de que seria divertido para você.

— Sim, seria.

Baretski analisa e espera.

Lale acaba se mexendo.

— Como posso ajudar?

— Bem, agora que está perguntando, *Tätowierer*, precisamos que você encontre onze prisioneiros para jogarem contra uma equipe de oficiais da SS numa partida amigável.

Lale pensa em rir, mas mantém o olhar fixo em um ponto acima do ombro de Baretski. Pensa bastante sobre o que responder àquele pedido bizarro.

— Mas sem reservas?

— Sem reservas.

— Claro, por que não? — *De onde tirei isso? Há um milhão de outras coisas que eu poderia dizer. Tipo "Vá se foder".*

— Bom, ótimo. Reúna sua equipe e vamos nos encontrar no complexo daqui a dois dias, no domingo. Ah, e levaremos a bola. — Rindo alto, Baretski se afasta. — Por falar nisso, *Tätowierer*, pode tirar o dia de folga. Não virão transportes hoje.

Lale passa parte do dia separando o tesouro em pequenos pacotes. Comida para os romanis e para os garotos do Bloco 7, e, claro, para Gita e para as amigas dela. Pedras preciosas e dinheiro organizados por espécie. O processo é surreal. Diamantes com diamantes, rubis com rubis, dólares com dólares, e até mesmo um monte de moedas que ele nunca viu antes, com as palavras "Banco Reserva Sul-Africano" e "Suid-Afrikaans". Ele não faz ideia de seu valor nem de como foram parar em Birkenau. Pegando várias pedras preciosas, ele sai à procura de Victor e de Yuri para fazer as compras do dia. Em seguida, brinca um pouco com os meninos de seu bloco enquanto tenta pensar no que dirá aos homens do Bloco 7 quando eles retornarem do trabalho.

À noite, Lale é cercado por dezenas de homens olhando para ele, incrédulos.

— Você só pode estar de brincadeira — um deles diz.

— Não — Lale responde.

— Você quer que a gente jogue futebol com os malditos da SS?

— Sim. No próximo domingo.

— Bem, não vou fazer isso. Não podem me obrigar — a mesma pessoa responde.

Do fundo do grupo, uma voz sugere:

— Eu jogo. Já joguei um pouco. — Um homem pequeno aparece entre os outros reunidos e para na frente de Lale. — Sou o Joel.

— Obrigado, Joel. Bem-vindo ao time. Preciso de mais nove. O que vocês têm a perder? É a chance que têm de ter um pouco de confronto físico com os malditos e escapar ilesos.

— Conheço um cara do Bloco 15 que jogou no time húngaro nacional. Vou perguntar para ele, pode ser? — diz outro prisioneiro.

— E você? — Lale pergunta.

— Sim, claro. Também sou Joel. Vou perguntar por aí, ver quem quer ir. Existe a possibilidade de conseguirmos treinar antes de domingo?

— Joga futebol e tem senso de humor. Gosto desse cara. Volto amanhã à noite para ver como vocês se saíram. Obrigado, Grande Joel. — Lale olha para o outro Joel. — Sem querer ofender.

— Não ofendeu — o Pequeno Joel responde.

Lale pega pão e linguiça de sua bolsa e os coloca em cima de um beliche próximo. Ao sair, vê dois dos homens dividirem a comida. Cada um deles divide sua porção em pedacinhos e os entrega às pessoas ao redor. Sem empurra-empurra, sem briga, uma distribuição organizada de alimentos para salvar vidas. Ele ouve um homem dizer:

— Ei, Grande Joel, pode ficar com o meu. Vai precisar ter energia.

Lale sorri. Um dia que começou ruim está acabando com um gesto magnânimo de um homem faminto.

O dia do jogo chega. Lale entra no complexo principal e vê os oficiais da SS pintando uma linha branca dentro do que está longe de ser uma forma retangular. Ele ouve seu nome ser chamado e encontra sua "equipe" reunida. Ele se une aos homens.

— Ei, Lale, tenho catorze jogadores, contando você e eu, dois na reserva se alguns de nós precisarem sair — Grande Joel diz a ele, com orgulho.

— Desculpe, me disseram que não teremos time reserva. Só uma equipe. Escolham os melhores.

Os homens trocam olhares. Três mãos se erguem, e aqueles que não querem participar se afastam. Lale observa muitos dos homens se alongarem, pularem, como se fosse um aquecimento profissional.

— Alguns dos homens parecem saber o que estão fazendo — Lale cochicha com Pequeno Joel.

— Melhor que saibam. Seis deles já jogaram semiprofissionalmente.

— Você está brincando?

— Não. Vamos acabar com eles.

— Pequeno Joel, não pode. Não podemos vencer. Acho que eu não me fiz claro.

— Você disse para eu arranjar um time, e eu arranjei.

— Sim, mas não podemos vencer. Não podemos fazer nada para humilhá-los. Não podemos provocá-los para que desçam tiros em todos. Olhe ao seu redor.

Pequeno Joel vê centenas de prisioneiros reunidos. Há uma atmosfera de animação no campo, conforme eles se empurram e se acotovelam em busca de um ponto adequado ao redor do perímetro da área determinada para o jogo. Ele suspira.

— Direi aos outros.

Lale analisa a multidão à procura de um único rosto. Gita está com as amigas e acena para ele de modo furtivo. Ele acena de volta, desejando desesperadamente correr até ela, pegá-la em seus braços e desaparecer atrás do prédio da administração. Ele ouve batidas fortes e, quando se vira, vê vários oficiais da SS batendo tacos grandes no chão de cada lado para fazer a trave.

Baretski se aproxima dele.

— Venha comigo.

Em uma das pontas do campo, a multidão de prisioneiros se abre quando o time da SS entra. Nenhum deles usa uniforme. Vários usam roupas que farão com que o jogo de futebol se torne muito mais fácil de jogar. Shorts, camisetas. Atrás da equipe, o comandante Schwarzhuber, muito protegido, e o chefe de Lale, Houstek, se aproximam de Lale e Baretski.

— Este é o capitão do time de prisioneiros, o *Tätowierer* — Baretski apresenta Lale a Schwarzhuber.

— *Tätowierer*. — Ele se vira para um dos guardas. — Temos algo pelo que jogar?

Um oficial sênior da SS pega uma taça esportiva de um soldado atrás dele e o mostra ao comandante.

— Temos isso aqui — disse ele, mostrando uma taça com uma inscrição que Lale não conseguiu ler.

Schwarzhuber pega a taça e a ergue para todo mundo ver. Os oficiais da SS comemoram.

— Comecem o jogo, e que o melhor time vença.

Quando Lale corre de volta até os membros de sua equipe, ele murmura:

— Que vença o melhor time para ver o sol nascer amanhã.

Lale se une a sua equipe e todos se reúnem no meio do campo. Os espectadores gritam. O juiz chuta a bola em direção à equipe da SS e o jogo começa.

Com apenas dez minutos de jogo, os prisioneiros já marcaram dois gols contra zero dos adversários. Apesar de Lale gostar dos gols, o bom senso toma conta quando ele olha para o semblante furioso dos oficiais da SS. Sutilmente, ele diz para os jogadores irem mais devagar pelo resto do jogo. Eles tiveram seus momentos de glória, e agora está na hora de deixar a SS jogar. Termina o primeiro tempo. Enquanto os oficiais tomam bebidas durante o curto intervalo, Lale e seu time se reúnem para discutir as táticas. Em dado momento, Lale faz com que percebam que não podem ganhar o jogo. Eles concordam que para ajudar a melhorar o moral dos prisioneiros que os observam, mais dois gols podem ser marcados, contanto que eles percam por uma diferença de um gol no fim.

Quando o segundo tempo começa, uma chuva de cinzas cai sobre os jogadores e os espectadores. Os crematórios estão em funcionamento, e essa tarefa principal de Birkenau não foi interrompida pelo esporte. Outro gol é marcado para os prisioneiros e outro para a SS. Como é de esperar, devido à dieta assustadoramente inadequada, os prisioneiros se cansam. A SS marca mais dois gols. Os prisioneiros não precisam entregar o jogo, simplesmente não conseguem mais competir. Com a SS ganhando por uma diferença de dois gols, o juiz apita o fim do jogo. Schwarzhuber vai ao campo e entrega o troféu ao capitão da SS, que o ergue diante de comemorações contidas dos guardas e dos oficiais presentes. Quando os oficiais da SS voltam para suas barracas para celebrar, Houstek passa por Lale.

— Bom jogo, *Tätowierer*.

Lale reúne seu time e diz que eles fizeram um belo trabalho. A multidão começou a se dispersar. Ele olha ao redor e encontra Gita, que não saiu de onde estava. Ele corre até ela e pega sua mão. Em meio aos outros prisioneiros, eles passam em direção ao bloco da administração. Quando Gita se senta no chão atrás do prédio, Lale olha ao redor à procura de olhos curiosos. Satisfeito, ele se senta ao lado dela. Observa Gita enquanto ela passa os dedos pela grama, analisando-a com atenção.

— O que está fazendo?

— Procurando um trevo de quatro folhas. Você se surpreenderia se soubesse quantos deles há aqui.

Lale sorri, encantado.

— Você está brincando.

— Não, já encontrei vários. Ivana os encontra o tempo todo. Você parece surpreso.

— Estou. Você é a garota que não acredita que vai sair daqui, no entanto está procurando amuletos da sorte!

— Eles não são para mim. É verdade que não acredito nessas coisas.

— Para quem são, então?

— Você sabia que os oficiais da SS são muito supersticiosos? Se encontrarmos um trevo de quatro folhas, nós o valorizamos. É como se fosse dinheiro para nós.

— Não compreendo.

— Sempre que estamos em perigo com a SS, nós os entregamos e às vezes isso impede que eles nos agridam. Se levarmos um trevo de quatro folhas a uma refeição, podemos até conseguir mais comida.

Lale acaricia o rosto dela com delicadeza. O fato de não poder proteger a mulher que ama o deixa muito angustiado. Gita se abaixa e continua procurando. Pegando um punhado de grama, ela o joga em Lale, sorrindo. Ele sorri de volta. De modo brincalhão, ele a empurra e ela se deita de costas. Inclinando-se sobre ela, ele puxa um monte de grama e lentamente deixa tudo cair sobre seu rosto. Ela afasta os restos com um sopro. Mais um punhado de grama cai em seu pescoço e em cima de seu peito. Ela deixa ficar. Ele abre o primeiro botão da camisa dela, derrama mais grama e observa tudo desaparecer dentro de seu decote.

— Posso te beijar? — ele pergunta.

— Por que quer me beijar? Eu não escovo os dentes há não sei quanto tempo.

— Eu também não, então acho que estamos em pé de igualdade.

Gita responde erguendo a cabeça na direção dele. O beijo rápido anterior acionou um ano inteiro de desejo. Paixões reprimidas se chocam enquanto eles exploram um ao outro agora. Eles querem, e precisam, cada vez mais um do outro.

O momento é interrompido pelo som de um cachorro latindo próximo a eles. Eles sabem que o animal deve estar sendo guiado. Lale se levanta e puxa Gita para seus braços. Mais um beijo antes de eles voltarem correndo para a segurança do complexo e a uma multidão à qual podem se misturar.

No acampamento das mulheres, eles veem Dana, Ivana e Cilka, e caminham na direção delas.

Lale nota a palidez de Cilka.

— Cilka está bem? — Lale pergunta. — Não parece muito bem.

— Está bem dentro do esperado. Sob as circunstâncias.

— Ela está doente? Precisa de remédio?

— Não, ela não está doente. É melhor você não saber.

Quando eles se aproximam das moças, Lale se inclina para Gita, sussurrando:

— Conte-me, talvez eu possa ajudar.

— Dessa vez, não, meu amor. — Gita é rodeada pelas moças e elas se afastam. Cilka, de cabeça baixa, fica para trás.

Meu amor!

13

Naquela noite, Lale fica deitado na cama, sem se lembrar de quando estivera tão feliz.

Em sua cama, Gita está enrolada ao lado da adormecida Dana, os olhos arregalados, encarando a escuridão, revivendo os momentos em que ficara deitada com Lale: os beijos, o desejo que seu corpo sentiu pelo dele para continuar, ir em frente. Seu rosto esquenta quando as fantasias do próximo encontro passam por sua mente.

Em uma grande cama de dossel, Schwarzhuber e Cilka estão deitados um nos braços do outro. As mãos dele exploram seu corpo enquanto ela encara o nada, sem sentir coisa alguma. Entorpecida.

Em sua sala de jantar particular em Auschwitz, Hoess está sentado a uma mesa elegante para um. Comida de excelente qualidade descansa sobre porcelana fina. Ele serve um Chateau Latour de 1932 em uma taça de cristal. Ele gira a taça, sente o aroma, prova o vinho. Não deixará que o estresse e as pressões de seu trabalho impeçam os pequenos luxos da vida.

Bêbado, Baretski entra aos tropeços em seu quarto nos alojamentos de Auschwitz. Fechando a porta com um chute, ele cambaleia e cai desajeitado na cama. Com dificuldade, retira o cinto com sua pistola e a pendura na cabeceira. Estendido na cama, registra a luz do teto, ainda ligada, brilhando em seus olhos. Depois de uma tentativa malsucedida de se levantar, ele localiza a arma com um braço canhestro e a saca do coldre. Com o segundo tiro, ele destrói a lâmpada recalcitrante. Sua arma cai no chão quando ele desmaia.

* * *

Na manhã seguinte, Lale pisca para Gita enquanto recolhe os suprimentos e as instruções com Bella no prédio da administração. Seu sorriso desaparece quando percebe Cilka sentada ao lado de Gita, a cabeça baixa, de novo sem olhar para ele. Ele decide forçar Gita a lhe dizer o que há de errado com Cilka. Lá fora, ele encontra Baretski, de ressaca e nervoso.

— Depressa. Tenho um caminhão esperando para nos levar a Auschwitz.

Lale segue-o até o caminhão. Baretski sobe na cabine, fechando a porta. Lale entende a mensagem e sobe na parte de trás, na carroceria. Lá ele aguenta a viagem até Auschwitz, sendo jogado de um lado para o outro.

Quando chegam a Auschwitz, Baretski diz a Lale que vai se deitar e que Lale precisa ir até o Bloco 10. Assim que encontra o bloco, Lale é instruído pelo oficial da SS que está na frente do bloco a seguir até os fundos. Lale percebe que aquele edifício parece diferente dos blocos em Birkenau.

A primeira coisa que vê quando vira a esquina do prédio é a cerca de arame que encerra parte do pátio dos fundos. Lentamente, ele registra pequenos movimentos na área fechada. Cambaleia para frente, atônito pelo que está além da cerca: garotas, dezenas delas, nuas – muitas deitadas, algumas sentadas, outras em pé, quase nenhuma delas se mexendo. Paralisado, Lale observa quando um guarda vai até o cercado e anda em meio às garotas, agarra o braço esquerdo delas, procurando um número, possivelmente feito por Lale. Ao encontrar a garota que deseja, o guarda a arrasta por entre os corpos. Lale olha o rosto das garotas. Vazio. Silencioso. Percebe várias recostadas contra a cerca de arame. Diferentemente das outras cercas em Auschwitz e Birkenau, aquela não é eletrificada. A opção de autodestruição lhes foi tirada.

— Quem é você? — uma voz atrás dele questiona.

Lale vira-se. Um oficial da SS saiu de uma porta traseira. Devagar, Lale ergue sua bolsa.

— *Tätowierer.*

— Então, o que está fazendo aí parado? Entre.

Um ou dois médicos e enfermeiras em jalecos brancos cumprimentam-no com curiosidade enquanto ele atravessa uma sala grande na direção de uma mesa. Os prisioneiros ali não parecem pessoas, são mais como marionetes abandonadas por seus titereiros. Ele se aproxima da enfermeira que está sentada à mesa e ergue a bolsa.

— *Tätowierer.*

Ela olha para ele com asco, desprezo, levanta-se e sai. Ele a segue. Ela o leva por um longo corredor até uma sala ampla. Cerca de cinquenta garotas estão lá em fila. Silenciosas. A sala cheira a azedo. Na frente da fila, Mengele está examinando uma das garotas, abrindo sua boca de forma grosseira, agarrando os quadris, depois os seios, enquanto lágrimas silentes rolam pelo rosto da moça. Ao terminar seu exame, ele acena para que ela siga à esquerda. Rejeitada. Outra garota é empurrada para o local que foi desocupado.

A enfermeira leva Lale até Mengele, que interrompe o exame.

— Está atrasado — diz ele com um sorriso afetado, obviamente adorando o desconforto de Lale. Ele aponta para um pequeno grupo de garotas que está em pé à esquerda dele.

— Vou ficar com aquelas. Faça seus números.

Lale afasta-se.

— Um dia, em breve, *Tätowierer*, vou levar você.

Lale olha para trás, e lá está. Aquele repuxar tenso dos lábios que forma um sorriso doentio. De novo, um calafrio percorre seu corpo. Suas mãos tremem. Lale aperta o passo, apressando-se até a pequena mesa onde está sentada outra enfermeira com os cartões de identificação a postos. Ela abre espaço para ele se instalar. Ele tenta controlar o tremor das mãos enquanto alinha suas ferramentas e os frascos de tinta. Ele olha para Mengele, que tem outra garota apavorada diante dele, e está correndo as mãos sobre os cabelos e os seios dela.

— Não se apavore, não vou machucar você — Lale pode ouvi-lo dizer.

Lale observa a garota estremecer de medo.

— Ora, ora. Você está a salvo, isto aqui é um hospital. Cuidamos das pessoas aqui.

Mengele vira-se para uma enfermeira ao lado.

— Pegue um cobertor para essa coisinha linda.

Virando-se de novo para a garota, ele diz:

— Vou cuidar bem de você.

A garota é enviada na direção de Lale. Ele abaixa a cabeça e prepara-se para entrar no ritmo de tatuar os números que são mostrados a ele pela enfermeira assistente.

Quando seu trabalho termina, Lale sai do prédio e olha de novo para a área cercada. Está vazia. Ele cai de joelhos e tem ânsia seca. Não tem nada para vomitar; o único fluido no seu corpo são as lágrimas.

Naquela noite, Gita volta ao seu bloco e vê que há várias novas prisioneiras. As residentes estabelecidas olham as recém-chegadas com ressentimento. Não querem ter que falar dos horrores que as esperam, nem dividir sua refeição.

— Gita. É você, Gita? — uma voz fraca chama.

Gita aproxima-se do grupo de mulheres, muitas das quais parecem mais velhas. Mulheres mais velhas são uma raridade em Birkenau, que é o lugar de garotas que podem trabalhar. Uma mulher avança, os braços estendidos.

— Gita, sou eu, sua vizinha, Hilda Goldstein.

Gita olha e de repente reconhece uma vizinha de sua cidade natal, Vranov nad Topl'ou, mais pálida e magra do que quando Gita a viu pela última vez.

As lembranças invadem Gita, aromas, texturas e vislumbres do passado: uma porta familiar, o cheiro de canja de galinha, uma barra de sabão rachada ao lado da pia da cozinha, vozes felizes em noites quentes de verão, os braços de sua mãe.

— Senhora Goldstein… — Gita se aproxima mais, toma a mão da mulher. — Eles também a pegaram.

A mulher meneia a cabeça.

— Eles pegaram todos, mais ou menos uma semana atrás. Fui separada dos outros e posta em um trem.

Um lampejo de esperança.

— Meus pais e irmãs estão com a senhora?

— Não, eles os levaram há vários meses. Seus pais e suas irmãs. Seus irmãos já foram embora faz um bom tempo... sua mãe disse que se juntaram à resistência.

— Sabe para onde foram levados?

A senhora Goldstein abaixa a cabeça.

— Sinto muito. Disseram que eles foram... eles foram...

Gita despenca no chão enquanto Dana e Ivana correm até ela, sentam-se no chão e a abraçam. Sobre elas, a senhora Goldstein continua a falar:

— Sinto muito, muito mesmo.

Dana e Ivana choram, abraçando Gita, que tem os olhos secos. Elas murmuram palavras de condolências a Gita. *Eles se foram*. Nenhuma lembrança vem agora. Ela sente um vazio terrível dentro de si. Ela se vira para as amigas e pergunta em uma voz hesitante, entrecortada:

— Acham que talvez eu possa chorar um pouco? Apenas um pouco?

— Quer que a gente reze com você? — pergunta Dana.

— Não, só algumas lágrimas. É tudo que vou deixar que esses assassinos tirem de mim.

Ivana e Dana limpam as próprias lágrimas com a manga da camisa quando as lágrimas silenciosas começam a rolar pelo rosto de Gita. Elas se revezam para enxugá-las. Encontrando a força que não sabia possuir, Gita se levanta e abraça a senhora Goldstein. Ao redor dela, consegue sentir o reconhecimento daquelas que estão testemunhando seu momento de luto. Observam em silêncio, cada uma retirando-se para seu local sombrio de desespero, sem saber o que aconteceu com as próprias famílias. Lentamente, os dois grupos de mulheres – as veteranas e as recém-chegadas – juntam-se.

* * *

Depois do jantar, Gita se senta com a senhora Goldstein, que a atualiza sobre os eventos de sua terra natal; como, pouco a pouco, cada família foi despedaçada. Histórias chegavam filtradas sobre os campos de concentração. Ninguém sabia que tinham se transformado em linhas de produção da morte. Mas sabiam que as pessoas não estavam voltando. E, ainda assim, apenas poucos saíram de casa para buscar um porto seguro em um país vizinho. Fica óbvio para Gita que a senhora Goldstein não sobreviverá se for forçada a trabalhar ali. Parece mais velha do que sua idade indicaria – está física e emocionalmente arruinada.

Na manhã seguinte, Gita se aproxima de sua *kapo* para pedir-lhe um favor. Ela pedirá a Lale que consiga qualquer coisa que a *kapo* quiser, se a senhora Goldstein conseguir ser poupada do trabalho pesado e passar o dia no bloco. Ela sugere que a senhora Goldstein esvazie os baldes de banheiro toda noite, uma tarefa em geral dada a uma pessoa escolhida pela *kapo*, muitas vezes alguém que ela acredita ter falado mal dela. O preço da *kapo* é um anel de diamantes. Ela ouviu os rumores sobre a arca de tesouros de Lale. O acordo é fechado.

Pelas próximas semanas, Lale vai a Auschwitz todos os dias. Os cinco crematórios estão funcionando em plena capacidade, mas um grande número de prisioneiros ainda precisa ser tatuado. Ele recebe as instruções e os suprimentos no prédio da administração em Auschwitz. Não tem tempo e não precisa ir ao prédio da administração em Birkenau, então não tem oportunidade de ver Gita. Quer mandar uma mensagem para ela, informando que está seguro.

Baretski está de bom humor, até divertido – ele tem um segredo e quer que Lale adivinhe o que poderia ser. Lale entra na brincadeira imatura de Baretski.

— O senhor vai deixar todos nós irmos para casa?

Baretski gargalha e dá um murro no braço de Lale.

— O senhor foi promovido?

— Melhor você torcer para que não, *Tätowierer*. Do contrário, alguém não tão bacana quanto eu pode acabar prestando atenção em você.

— Tudo bem, desisto.

— Então, vou lhe dizer. Vocês todos vão receber refeições e cobertores extras na próxima semana por alguns dias. A Cruz Vermelha está vindo inspecionar sua colônia de férias.

Lale esforça-se para pensar. *O que isso pode significar? O mundo lá fora finalmente verá o que está acontecendo aqui?* Ele trabalha para manter as emoções controladas diante de Baretski.

— Vai ser legal. Acha que este campo passará no teste humanitário de encarceramento?

Lale consegue ver o cérebro de Baretski funcionando, quase ouve pequenos estalos. Acha sua falta de compreensão divertida, embora não ouse sorrir.

— Vocês serão bem alimentados durante os dias em que eles estiverem aqui... bem, aqueles de vocês que deixarmos que eles vejam.

— Então, será uma visita controlada?

— Acha que somos estúpidos? — Baretski ri.

Lale deixa essa pergunta para lá.

— Posso lhe pedir um favor?

— Pode pedir — responde Baretski.

— Se eu escrever um bilhete para Gita, dizendo para ela que estou bem e apenas ocupado em Auschwitz, o senhor entregaria para ela?

— Farei melhor. Eu lhe direi pessoalmente.

— Obrigado.

Embora Lale e um grupo seleto de prisioneiros recebam mesmo um pouco de refeições extras por alguns dias, elas logo se esgotam, e Lale não tem certeza de a Cruz Vermelha ter entrado no campo. Baretski é mais que capaz de ter inventado a ideia toda. Lale precisa confiar que sua mensagem a Gita será transmitida – embora ele não acredite que Baretski faça isso diretamente. A ele basta esperar e torcer para que chegue logo um domingo em que não tenha trabalho.

Por fim, chega o dia em que Lale termina o trabalho cedo. Ele corre entre os campos e chega ao prédio da administração de Birkenau quando as trabalhadoras estão saindo. Impaciente, ele aguarda. Por que ela precisa ser a última a sair hoje? Enfim ela aparece. O coração de Lale salta. Ele não perde tempo em tomar seu braço e levá-la para trás do prédio. Ela treme quando ele a empurra contra a parede.

— Pensei que você estivesse morto. Pensei que nunca o veria de novo. Eu… — ela gagueja.

Ele corre as mãos por seu rosto.

— Não recebeu minha mensagem de Baretski?

— Não. Não recebi mensagem de ninguém.

— *Shh*, tudo bem — diz ele. — Tenho ido para Auschwitz todos os dias durante semanas.

— Fiquei tão assustada.

— Eu sei. Mas estou aqui agora. E tenho uma coisa a dizer.

— O quê?

— Primeiro, me deixe beijá-la.

Eles se beijam, agarrando-se, apertando-se apaixonadamente, antes que ela o afaste.

— O que você quer dizer?

— Minha linda Gita. Você me enfeitiçou. Estou apaixonado por você.

Pareciam as palavras que ele esperou toda a vida para dizer.

— Por quê? Por que você diria isso? Olhe para mim. Estou feia, estou suja. Meus cabelos… eu tinha cabelos lindos.

— Amo seus cabelos do jeito que estão agora, e vou amar do jeito que forem no futuro.

— Mas não temos futuro.

Lale a segura firme pela cintura, força para que ela olhe em seus olhos.

— Teremos, sim. Haverá um amanhã para nós. Na noite em que cheguei aqui, fiz uma promessa a mim mesmo que sobreviveria a este inferno. Vamos sobreviver e construiremos uma vida onde seremos livres para nos beijar quando quisermos, fazer amor quando quisermos.

Gita enrubesce e desvia o olhar. Ele move seu rosto delicadamente para si.

— Fazer amor onde e quando quisermos. Você me ouviu?

Gita assente com a cabeça.

— Acredita em mim?

— Quero acreditar, mas…

— Sem mas. Apenas acredite em mim. Agora, é melhor você voltar para seu bloco antes que sua *kapo* comece a perguntar por você.

Quando Lale começa a se afastar, Gita o puxa de volta e o beija com vontade.

Interrompendo o beijo, ele diz:

— Talvez eu devesse ficar longe mais vezes.

— Não se atreva — diz ela, batendo no peito dele.

Naquela noite, Ivana e Dana cobrem Gita de perguntas, aliviadas por ver a amiga sorrindo de novo.

— Contou para ele sobre sua família? — pergunta Dana.

— Não.

— Por que não?

— Não consigo. É doloroso demais falar sobre isso… e ele estava tão feliz em me ver.

— Gita, se ele te ama como diz que ama, ia querer saber que você perdeu sua família. Ia querer consolar você.

— Talvez você esteja certa, Dana, mas, se eu lhe disser, então nós dois ficaremos tristes, e eu quero que nosso tempo juntos seja diferente. Quero esquecer onde estou e o que aconteceu com minha família. E quando ele me segura em seus braços, eu esqueço, apenas por aqueles breves momentos. É errado da minha parte querer escapar da realidade um pouco?

— Não, de jeito nenhum.

— Desculpe por eu ter meu refúgio, meu Lale. Saibam que eu desejo de todo meu coração o mesmo para vocês duas.

— Ficamos felizes por que você o tem — diz Ivana.

— É o bastante que uma de nós tenha um pouco de felicidade. Nós participamos dela, e você permite… é suficiente para nós — diz Dana.

— Só não guarde nenhum segredo de nós, tudo bem? — diz Ivana.

— Sem segredos — diz Gita.

— Sem segredos — concorda Dana.

14

Na manhã seguinte, Lale aparece no escritório da administração e se aproxima de Bella na mesa principal.

— Lale, por onde andou? — Bella pergunta com um sorriso simpático. — Pensamos que algo de ruim havia acontecido com você.

— Auschwitz.

— Não, não precisa dizer mais nada. Você deve estar com falta de suprimentos. Espere aqui, vou abastecê-lo.

— Não muito, Bella.

Bella olha para Gita.

— Claro. Precisamos cuidar para que você volte amanhã.

— Você me conhece muito bem, jovem Bella. Obrigado.

Bella se afasta para pegar as coisas para ele, e Lale se encosta à mesa e olha para Gita. Ele sabe que ela o viu entrar, mas está bancando a tímida e mantendo a cabeça baixa. Ela passa um dedo pelos lábios. Lale arde de desejo.

Ele também nota que a cadeira ao lado dela, de Cilka, está vazia. Mais uma vez, ele diz a si mesmo que precisa descobrir o que está acontecendo com ela.

Ele sai do escritório e vai até a área de seleção, pois já percebeu que um caminhão chegou com novos prisioneiros. Enquanto está arrumando sua mesa, Baretski aparece.

— Alguém quer falar com você, *Tätowierer*.

Antes de Lale olhar para a frente, ele ouve uma voz conhecida, que não passa de um sussurro.

— Olá, Lale.

Leon está ao lado de Baretski — pálido, mais magro, encurvado, pondo com cuidado um pé na frente do outro.

— Vou deixar vocês dois conversarem. — Baretski, sorrindo, se afasta.

— Leon, meu Deus, você está vivo.

Lale corre para abraçá-lo. Consegue sentir todos os ossos através da camisa do amigo. Ele o segura à frente do corpo e o observa.

— Mengele. Foi ele?

Leon só assente. Lale passa as mãos delicadamente pelos braços magros do amigo, toca seu rosto.

— Que maldito. Um dia ele vai receber o que merece. Assim que eu terminar aqui, posso te arranjar muita comida. Chocolate, linguiça, o que você quer? Vou te engordar.

Leon sorri desanimado para ele.

— Obrigado, Lale.

— Eu sabia que o maldito deixava os prisioneiros passarem fome. Pensei que só fizesse isso com moças.

— Se ele só fizesse isso...

— Como assim?

Leon olha dentro dos olhos de Lale.

— Ele arrancou minhas bolas, Lale — ele diz, com a voz forte e firme. — Perdemos o apetite quando alguém arranca nossas bolas.

Lale se retrai horrorizado, e se vira, para que Leon não veja seu choque. Leon controla um soluço e se esforça para conseguir falar enquanto procura algo no chão, algo em que se focar.

— Desculpe, não deveria ter dito isso assim. Obrigado por sua oferta. Sou grato a você.

Lale respira fundo, tentando controlar a raiva. Ele quer muito atacar e se vingar do crime cometido contra seu amigo.

Leon pigarreia.

— Existe alguma chance de eu recuperar meu emprego?

O rosto de Lale é tomado pela amabilidade.

— Claro. Que bom que você voltou, mas só vai trabalhar quando recuperar as forças — ele diz. — Por que não vai ao meu quarto?

Se algum dos ciganos o impedir, diga a eles que você é meu amigo e que eu mandei você para lá. Vai encontrar comida embaixo da minha cama. Falo com você quando terminar aqui.

Um oficial da SS se aproxima.

— Vá agora, depressa.

— Não consigo andar depressa, no momento.

— Desculpe.

— Tudo bem. Vou embora. Até mais.

O oficial observa Leon se afastar e se vira para retomar o que estava fazendo antes: determinar quem deve viver e quem deve morrer.

No dia seguinte, Lale se apresenta no escritório da administração e recebe a notícia de que terá o dia de folga. Não há transporte chegando a Auschwitz ou Birkenau e não há pedido nenhum de *Herr Doktor* para ajudá-lo. Ele passa a manhã com Leon. Ele havia subornado seu antigo *kapo* no Bloco 7 para aceitar Leon, mediante acordo de que este vai trabalhar para ele quando resgatar sua força. Ele lhe dá a comida que vinha pretendendo dar a seus amigos romanis e a Gita, para distribuir.

Enquanto Lale deixa Leon, Baretski o chama:

— *Tätowierer*, onde você esteve? Estou procurando você.

— Eu soube que tenho o dia livre hoje.

— Bom, não tem mais. Vamos, temos um trabalho.

— Tenho que pegar minha bolsa.

— Você não precisa de suas ferramentas para esse trabalho. Vamos.

Lale corre atrás de Baretski. Eles estão correndo em direção a um dos crematórios.

Ele o alcança.

— Aonde você está indo?

— Está preocupado? — Baretski ri.

— O senhor não estaria?

— Não.

O peito de Lale aperta; sua respiração fica curta. Ele deveria fugir? Se fugir, Baretski certamente apontará a arma para ele. Mas nesse caso importaria? Um tiro sem dúvida é preferível aos fornos.

Eles estão muito próximos do Crematório Três quando Baretski decide acabar com a agonia de Lale. Ele passa a caminhar mais devagar.

— Não se preocupe. Agora venha antes que entremos em apuros e acabemos nos fornos.

— Não vai se livrar de mim?

— Ainda não. Há dois prisioneiros aqui que parecem ter o mesmo número. Precisamos que você os analise. Você e aquele eunuco devem ter feito as marcas. Você precisa me dizer quem fez qual.

O prédio de tijolos vermelhos se estende à frente deles; janelas grandes disfarçam o propósito, mas o tamanho das chaminés confirma sua natureza horrorosa. Os dois são interceptados na entrada por dois oficiais da SS, que brincam com Baretski e ignoram Lale. Eles apontam as portas fechadas dentro do prédio, e Baretski e Lale caminham em direção a eles. Lale olha ao redor naquele trecho final da estrada para a morte em Birkenau. Ele vê os *Sonderkommandos* perto, derrotados, prontos para fazer um trabalho para o qual ninguém no mundo se ofereceria: retirar corpos das câmaras de gás e colocá-los dentro dos fornos. Ele tenta fazer contato visual com eles, mostrar que ele também trabalha para o inimigo. Também decidiu permanecer vivo pelo tempo que for possível, realizando um ato de violação nas pessoas de sua própria fé. Nenhum deles olha em seus olhos. Ele ouviu o que os outros prisioneiros dizem a respeito desses homens e da posição privilegiada que ocupam – em locais separados, recebendo refeições extras, com roupas e cobertores quentes para dormir. A vida deles é paralela à dele e ele sente um aperto no peito ao pensar que também é humilhado pelo papel que desempenha no campo. Incapaz de expressar de alguma maneira sua solidariedade com esses homens, ele continua caminhando.

Eles são levados a uma grande porta de aço. Na frente dela, está um guarda.

— Tudo bem, todo o gás se foi. Precisamos mandá-los para as fornalhas, mas não podemos esperar até vocês identificarem os números corretos.

O guarda abre a porta para Lale e para Baretski. Ficando totalmente ereto, Lale olha nos olhos de Baretski e movimenta a mão da esquerda para a direita.

— O senhor primeiro.

Baretski sai rindo e dá um tapa nas costas de Lale.

— Não, você primeiro.

— Não, o senhor primeiro — Lale repete.

— Eu insisto, *Tätowierer*.

O oficial da SS abre bem as portas e eles entram em uma sala cavernosa. Corpos, centenas de corpos nus, enchem a sala. Estão empilhados uns sobre os outros, com os membros retorcidos. Olhos mortos os encaram. Homens, jovens e velhos; crianças por baixo. Sangue, vômito, urina e fezes. O cheiro da morte toma o espaço todo. Lale tenta prender a respiração. Seus pulmões ardem. As pernas ameaçam ceder. Atrás dele, Baretski diz:

— Merda.

Essa palavra dita por um sádico só aprofunda a camada de desumanidade na qual Lale está mergulhado.

— Aqui — indica um oficial, e eles o acompanham a um lado do salão onde os corpos de dois homens estão juntos.

O oficial começa a falar com Baretski. Pela primeira vez, faltam palavras para ele, e ele indica que Lale consegue entender alemão.

— Os dois têm o mesmo número. Como é possível? — ele pergunta.

Lale só consegue balançar a cabeça e dar de ombros. *Como vou saber, inferno?*

— Olhe para eles. Qual é o correto? — o oficial diz.

Lale se abaixa e segura um dos braços. Está agradecido por ter um motivo para se ajoelhar e espera que isso o estabilize. Analisa com atenção os números tatuados no braço que segura.

— O outro? — ele pergunta.

De modo violento, o braço do outro homem é mostrado a ele, que analisa os dois números com atenção.

— Veja aqui. Isto não é um três, é um oito. Parte dele desapareceu, mas é um oito.

O guarda rabisca os números certos nos braços gelados. Sem pedir permissão, Lale se levanta e sai do prédio. Baretski o alcança do lado de fora, onde ele está curvado e respira profundamente.

Baretski espera um pouco.

— Você está bem?

— Não, não estou nada bem, porra. Seus *malditos*. Quantos mais de nós vocês matarão?

— Estou vendo que está chateado.

Baretski é só um garoto, um garoto sem educação. Mas Lale não consegue entender como ele não sente nada pelas pessoas que eles acabaram de ver, a agonia da morte impressa no rosto deles e nos corpos retorcidos.

— Vamos, venha — Baretski diz.

Lale se levanta para caminhar ao seu lado, ainda que não consiga olhar para ele.

— Sabe de uma coisa, *Tätowierer*? Aposto que você é o único judeu que já entrou em uma câmara e saiu vivo dela.

Ele ri alto, dá um tapa nas costas de Lale e sai andando na frente dele.

15

Lale caminha com determinação de seu bloco ao outro lado do complexo. Dois oficiais da SS aproximam-se dele com fuzis a postos. Sem interromper o passo, ele ergue a mala.

— *Politische Abteilung!*

Os fuzis abaixam-se, e ele passa sem dizer outra palavra. Lale entra no campo das mulheres e ruma diretamente para o Bloco 29, onde é recebido pela *kapo*, que está recostada na parede do prédio, parecendo entediada. Suas subordinadas estão trabalhando. Ela nem se dá ao trabalho de se mexer quando ele se aproxima dela e tira da mala uma grande barra de chocolate. Tendo sido alertada por Baretski a não interferir no relacionamento entre o *Tätowierer* e a prisioneira 4562, ela aceita o suborno.

— Por favor, traga Gita até mim. Vou esperar lá dentro.

Enfiando o chocolate entre os seios amplos e dando de ombros, a *kapo* parte para o prédio da administração. Lale entra no bloco, fechando a porta. Ele não precisa esperar muito. Um lampejo de luz do sol – a porta se abre – lhe diz que ela chegou. Gita o vê em pé na penumbra, com a cabeça baixa.

— Você!

Lale dá um passo na direção de Gita. Ela recua, bate com tudo contra a porta fechada, claramente angustiada.

— Você está bem? Gita, sou eu.

Ele se aproxima mais um passo e fica chocado ante seu tremor visível.

— Diga alguma coisa, Gita.

— Você... você... — repete ela.

— Sim, sou eu, Lale. — Ele toma os dois pulsos dela e tenta segurá-los com força.

— Você tem ideia do que passa na cabeça quando a SS vem atrás de você? Tem alguma ideia?

— Gita...

— Como você pôde? Como pode deixar que os SS me levassem?

Lale fica atônito. Ele relaxa o aperto nos pulsos de Gita, e ela se liberta e se afasta.

— Desculpe, não quis assustá-la. Só pedi para sua *kapo* trazer você aqui. Eu precisava te ver.

— Quando alguém é levado pela SS, nunca mais se vê a pessoa. Entende? Pensei que eu estava sendo levada para a morte e tudo em que conseguia pensar era em você. Não que nunca mais poderia ver minhas amigas de novo, nem em Cilka, que ficou me olhando sair e que deve ter ficado tão triste, mas que eu nunca mais veria você. E aqui está você.

Lale fica envergonhado. Sua necessidade egoísta causou essa angústia em sua amada. De repente, ela corre até ele com os punhos erguidos. Ele lhe estende os braços quando ela vai de encontro a ele. Gita bate no peito dele, e as lágrimas rolam em seu rosto. Lale aceita os golpes até que eles diminuem. Então, devagar, ele ergue o rosto dela, limpando as lágrimas com a mão e tentando beijá-la. Quando seus lábios se encontram, Gita se afasta, olhando-o com raiva. Ele estende os braços para que ela volte até ele. Vendo sua relutância, ele os abaixa. Ela corre até ele de novo, dessa vez lançando-o contra uma parede enquanto tenta arrancar-lhe a camisa. Surpreso, Lale a segura à distância de um braço, mas ela não aceita e impulsiona com força o corpo contra ele, beijando-o violentamente. Ele a ergue pelo traseiro, e ela o envolve com as pernas ao redor da cintura, beijando-o com tanta ânsia que morde os lábios dele. Lale sente o sal do sangue, mas retribui os beijos, tombando em uma cama próxima onde eles caem juntos, rasgando as roupas um do outro. Fazem amor de um jeito apaixonado, desesperado. É uma necessidade tão antiga que não pode ser negada. Duas pessoas desesperadas pelo amor e pela intimidade que temem nunca experimentar de outra forma. Sela o compromisso um com o outro, e Lale sabe naquele momento que não poderá amar mais ninguém. Aquilo fortalece sua determinação de continuar mais um dia, e outro, por mil dias, pelo tempo que for preciso para cumprir sua promessa a Gita: "Ser livre para fazer amor quando e onde quisermos".

Exaustos, eles ficam deitados nos braços um do outro. Gita adormece, e Lale passa um longo tempo apenas olhando para ela. A luta física entre eles acaba, substituída por uma confusão intensa dentro de Lale. *O que este lugar fez conosco? O que ele fez de nós? Por quanto tempo conseguiremos continuar? Ela pensou que tudo estava acabando hoje. Eu causei essa dor. Não posso fazer isso de novo.*

Ele toca os lábios. Retrai-se. Rompe seu humor sombrio, e sorri ao pensar de onde vem aquela dor. Com suavidade, beija Gita para acordá-la.

— Olá — sussurra ele.

Gita rola de bruços e olha para ele, perturbada.

— Você está bem? Você parecia, não sei… embora eu tenha ficado brava quando entrei, agora que penso nisso, você parecia péssimo.

Lale fecha os olhos, suspirando profundamente.

— O que aconteceu?

— Digamos que dei outro passo para dentro do abismo, mas consegui dar um passo para trás.

— Vai me contar um dia?

— Provavelmente não. Não insista, Gita.

Ela concorda com a cabeça.

— Agora, acho que é melhor você voltar ao escritório para Cilka e as outras verem que você está bem.

— Hum. Quero ficar aqui com você para sempre.

— Para sempre é muito tempo.

— Ou poderia ser até amanhã — diz ela.

— Não, não pode ser.

Gita desvia o olhar, corando, fechando os olhos.

— Em que você está pensando? — pergunta ele.

— Estou ouvindo. As paredes.

— O que estão dizendo?

— Nada. Estão respirando fundo, chorando por aqueles que saem daqui pela manhã e não voltam à noite.

— Não estão chorando por você, meu amor.

— Hoje não. Sei disso agora.

— Nem amanhã. Nunca vão chorar por você. Agora, saia daqui e volte ao trabalho.

Ela se enrola.

— Pode ir primeiro? Preciso encontrar minhas roupas.

Depois de um último beijo, Lale sai aos tropeços à procura de suas roupas. Vestido, ele dá outro beijo rápido nela antes de ir embora. Diante do bloco, a *kapo* está de volta à posição contra a parede.

— Sentindo-se melhor, *Tätowierer*?

— Sim, obrigado.

— O chocolate é maravilhoso. Gosto de linguiça também.

— Vou ver o que posso fazer.

— Faça isso, *Tätowierer*. Até logo.

16

MARÇO DE 1944

A batida na porta acorda Lale de um sono profundo.

Ele a abre com hesitação, de certa forma esperando ver um dos garotos romani. Mas havia dois jovens à porta, olhando para os lados, obviamente assustados.

— O que vocês querem? — pergunta Lale.

— Você é o *Tätowierer*? — um deles pergunta em polonês.

— Depende de quem está perguntando.

— Precisamos do *Tätowierer*. Disseram que ele mora aqui — diz o outro garoto.

— Entrem antes que vocês acordem as crianças.

Lale fecha a porta e gesticula para que eles se sentem na cama. Os dois são altos e magros, e um deles tem algumas sardas.

— Vou perguntar de novo: o que vocês querem?

— Temos um amigo... — o garoto sardento gagueja.

— Todos temos, não? — interrompe Lale.

— Nosso amigo está encrencado...

— Todos estamos, não?

Os dois garotos se entreolham, tentando decidir se continuam.

— Desculpe. Continue.

— Ele foi pego, e estamos com medo de que o matem.

— Pego fazendo o quê?

— Bem, ele escapou na semana passada, e eles o pegaram e o trouxeram de volta para cá. O que acha que vão fazer com ele?

Lale mostra-se incrédulo.

— Como ele escapou, e como foi estúpido a ponto de ter sido capturado?

— Não temos certeza da história inteira.

— Bem, ele será enforcado, provavelmente amanhã cedo, no primeiro horário. Sabem que essa é a punição por tentar escapar, e, ainda por cima, ele conseguiu.

— O senhor pode fazer alguma coisa? As pessoas dizem que o senhor pode ajudar.

— Posso ajudar se vocês quiserem comida extra, mas é isso. Onde o garoto está agora?

— Ele está lá na frente.

— Na frente deste prédio?

— Isso.

— Pelo amor de Deus, traga-o aqui para dentro logo — diz Lale, abrindo a porta.

Um dos garotos corre para fora e logo volta com um jovem de cabeça baixa, trêmulo de medo. Lale aponta para a cama, e ele se senta. Seus olhos estão inchados.

— Seus amigos me contaram que você escapou.

— Sim, senhor.

— Como você fez isso?

— Bem, eu estava trabalhando lá fora e perguntei para o guarda se eu poderia cagar. Ele me disse para ir até as árvores porque não queria sentir o cheiro. Então, quando voltei ao meu destacamento, todos tinham ido embora. Fiquei preocupado, pois, se eu corresse atrás deles, poderia tomar um tiro de um dos outros guardas, então voltei para a floresta.

— E? — perguntou Lale.

— Bem, continuei andando, certo? Daí fui pego quando entrei em um vilarejo para roubar um pouco de comida. Eu estava morrendo de fome. Os soldados viram meu número tatuado e me trouxeram de volta para cá.

— E agora eles vão enfocar você amanhã de manhã, certo?

O rapaz abaixa a cabeça. Lale reflete que é como ele vai ficar amanhã quando a vida tiver sido arrancada dele.

— Tem algo que o senhor possa fazer para nos ajudar, *Tätowierer*?

Lale anda pelo pequeno quarto. Ele puxa a manga do rapaz para cima e observa seu número. *Um dos meus*. Ele volta a caminhar. Os garotos sentam-se em silêncio.

— Fique aqui — diz ele com firmeza, pega sua bolsa e sai apressado do quarto.

Refletores varrem o complexo do lado de fora como olhos violentos procurando alguém para matar. Esgueirando-se junto aos prédios, Lale vai até o bloco da administração e entra no escritório principal. Fica aliviado no mesmo instante ao ver Bella atrás da mesa da recepção. Ela olha para ele.

— Lale, o que está fazendo aqui? Não tenho trabalho para você.

— Oi, Bella. Posso lhe perguntar uma coisa?

— Claro, qualquer coisa. Você sabe disso, Lale.

— Quando estive aqui mais cedo, ouvi falar de um transporte que sairia hoje à noite?

— Sim, tem um partindo para outro campo à meia-noite.

— Quantos vão?

Bella pega uma lista ao seu lado.

— Cem nomes. Por quê?

— Nomes, não números?

— Não, eles não estão numerados. Chegaram hoje cedo e estão sendo enviados a um campo de rapazes. Ninguém é numerado lá.

— Posso botar mais um nessa lista?

— Acho que sim. Quem? Você?

— Não, você sabe que não vou embora sem Gita. É outra pessoa… quanto menos você souber, melhor.

— Tudo bem, eu faço isso para você. Qual é o nome dele?

— Merda — disse Lale. — Eu já volto.

Furioso consigo mesmo, Lale volta correndo ao seu quarto.

— Seu nome… qual é seu nome?

— Mendel.

— Mendel de quê?

— Desculpe, Mendel Bauer.

* * *

De volta ao escritório, Bella acrescenta ao final da lista datilografada.

— Os guardas não vão questionar um nome que não esteja datilografado como os outros? — pergunta Lale.

— Não, são preguiçosos demais para questionar isso. Criaria problema demais para eles se envolverem. Só diga a quem quer que seja para estar no complexo quando vir o caminhão sendo carregado.

Lale pega da bolsa um anel encrustado de rubis e diamantes e entrega para Bella.

— Obrigado. Isso é para você. Pode ficar com ele ou vendê-lo. Vou garantir que ele esteja no transporte.

De volta ao seu quarto, Lale tira os dois amigos de Mendel da cama, pega sua bolsa e se senta ao lado dele.

— Me dê seu braço.

Enquanto o garoto olha, Lale começa a transformar o número em uma cobra. O trabalho não é perfeito, mas bom o bastante para esconder os números.

— Por que está fazendo isso? — pergunta um dos garotos.

— Ninguém é numerado no lugar para onde Mendel vai. Não demoraria muito até seu número ser visto, e então voltaria imediatamente para cá para cumprir seu compromisso com o carrasco.

Ele termina o trabalho e se vira para os dois garotos que estão observando.

— Vocês dois, voltem agora para seu bloco, e vão com cuidado. Só consigo resgatar um por noite — diz ele. — Seu amigo não estará aqui amanhã. Ele vai embora em um transporte à meia-noite. Não sei aonde ele vai, mas, onde quer que seja, ele ao menos terá uma chance de permanecer vivo. Entenderam?

Os três garotos abraçam-se e fazem promessas de se reencontrarem do outro lado daquele pesadelo. Quando os amigos partem, Lale se senta novamente ao lado de Mendel.

— Você vai ficar aqui até o horário de ir. Vou levá-lo até o transporte e, então, você estará por sua conta.

— Não sei como agradecer ao senhor.

— Se conseguir escapar de novo, não seja pego. Será agradecimento suficiente para mim.

Pouco tempo depois, Lale ouve sons que revelam movimento no complexo.

— Venha, é hora de ir.

Esgueirando-se para fora, eles partem junto às paredes do prédio até conseguirem ver dois caminhões carregando os homens.

— Ande depressa e tente se enfiar no meio de uma das filas. Abra caminho e dê seu nome quando perguntarem.

Mendel corre e consegue entrar na fila. Ele abraça o corpo para se proteger do frio e proteger a cobra que agora leva no braço. Lale observa enquanto o guarda encontra seu nome e o conduz a bordo. Quando o motor liga e o caminhão parte, Lale se esgueira de volta para o quarto.

17

Os meses seguintes são particularmente cruéis. Prisioneiros morrem de todas as maneiras. Muitos são levados por doença, desnutrição e exposição ao frio. Alguns se lançam na cerca eletrificada, suicidando-se. Outros são alvejados por um vigia de torre antes que possam se suicidar. As câmaras de gás e os crematórios também trabalham por mais tempo que o normal, e as estações de tatuagem de Lale e Leon fervilham de gente enquanto dezenas de milhares são transportadas para Auschwitz e Birkenau.

Lale e Gita veem-se aos domingos, quando possível.

Nesses dias, eles se misturam entre outros corpos, tocando-se sorrateiramente. Às vezes, conseguem ficar sozinhos por um tempo no bloco de Gita, o que faz com que continuem comprometidos em continuar vivos e, no caso de Lale, planejar um futuro juntos. A *kapo* de Gita está engordando devido à comida que Lale lhe traz. Às vezes, quando Lale não consegue ver Gita por um longo período, ela pergunta sem rodeios: "Quando seu namorado vem de novo?".

Em um domingo, Gita, depois de repetidos pedidos, finalmente diz a Lale o que está acontecendo com Cilka.

— Cilka é o brinquedo de Schwarzhuber.

— Meu Deus. Já faz quanto tempo?

— Não sei exatamente. Um ano, talvez mais.

— Ele não passa de um desgraçado bêbado e sádico — diz Lale, cerrando os punhos. — Posso imaginar como ele a trata.

— Não diga isso! Não quero pensar nisso.

— O que ela lhe diz sobre o tempo que passam juntos?

— Nada. Não perguntamos. Não sabemos como ajudá-la.

— Ele vai matá-la se ela o rejeitar de qualquer maneira. Suspeito que Cilka já deu um jeito, do contrário já estaria morta há muito tempo. A maior preocupação é ficar grávida.

— Tudo bem, ninguém vai ficar grávida. Sabe, você precisa estar menstruando para isso acontecer. Você não sabia disso?

Envergonhado, Lale diz:

— Bem, sim, eu sei disso. É que não é uma coisa sobre a qual falamos. Acho que eu não pensei.

— Nem você nem aquele desgraçado sádico precisam se preocupar com Cilka ou comigo tendo um bebê. Tudo bem?

— Não me compare com ele. Diga para ela que eu a considero uma heroína e tenho orgulho de dizer que a conheço.

— O que quer dizer com heroína? Ela não é heroína — diz Gita com um tanto de irritação. — Ela só quer viver.

— E isso faz dela uma heroína. Você é uma heroína também, meu amor. Que vocês duas tenham escolhido sobreviver é um tipo de resistência contra esses nazistas desgraçados. Escolher viver é um ato de rebeldia, uma forma de heroísmo.

— Nesse caso, você se torna o que com isso?

— Deram-me a chance de participar da destruição de nosso povo, e eu escolhi fazê-lo para sobreviver. Posso apenas esperar que um dia eu não seja julgado como criminoso ou colaborador.

Gita inclina-se e o beija.

— Você é um herói para mim.

O tempo voa, e eles se assustam quando as outras garotas voltam ao bloco. Estão totalmente vestidos, e assim a saída de Lale não é embaraçosa como poderia ter sido.

— Olá. Oi. Dana, que bom ver você. Garotas. Senhoras — diz ele enquanto sai.

A *kapo*, em sua posição normal na entrada do prédio, balança a cabeça para Lale.

— Precisa estar fora daqui quando as outras voltarem. Tudo bem, *Tätowierer*?

— Desculpe, não vai acontecer de novo.

Lale avança pelo complexo com passos quase saltitantes. Fica surpreso quando ouve seu nome e olha ao redor para ver quem o chama. É Victor. Ele e outros trabalhadores poloneses estão saindo do campo. Victor o chama.

— Oi, Victor. Yuri. Como estão?

— Não tão bem quanto você, pela sua aparência. O que está acontecendo?

Lale acena com a mão.

— Nada, nada.

— Temos suprimentos para você e achamos que não conseguiríamos entregar. Tem espaço na sua mala?

— Claro. Desculpe, eu deveria ter vindo encontrar vocês mais cedo, mas eu, hum, estava ocupado.

Lale abre a mala, e Victor e Yuri a enchem. Há coisas demais para caber.

— Quer que eu traga o restante amanhã? — pergunta Victor.

— Não, vou ficar com isso aqui, obrigado. Amanhã eu providencio o pagamento.

Há uma garota, além de Cilka, entre as dezenas de milhares em Birkenau, que os SS deixaram manter os cabelos longos. Tem mais ou menos a idade de Gita. Lale nunca falou com ela, mas a vê de vez em quando. Ela se destaca pela cabeleira loura esvoaçante. Todos tentam o máximo que podem esconder a cabeça raspada embaixo de um lenço, muitas vezes um pedaço de pano arrancado da própria camisa. Um dia, Lale perguntou a Baretski qual era o acordo com ela. Como permitiam que seus cabelos ficassem longos?

— No dia em que chegou ao campo — respondeu Baretski —, o comandante Hoess estava nas seleções. Ele a viu, achou-a muito bonita e disse que ninguém deveria tocar em seus cabelos.

Lale com frequência fica surpreso com as coisas que vê nos dois campos, mas ele fica realmente confuso por Hoess ter achado apenas uma garota bonita entre centenas de milhares que passaram ali.

Enquanto Lale volta para seu quarto com uma linguiça enfiada dentro das calças, ele vira uma esquina e lá está ela, a única garota "bonita" no campo, encarando-o. Ele retorna ao seu quarto em tempo recorde.

18

A primavera expulsou os demônios mais ferozes do inverno.

O clima mais quente traz um raio de esperança a todos que sobreviveram às intempéries junto com os caprichos cruéis dos captores. Até Baretski está se comportando com menos frieza.

— Sei que você consegue coisas, *Tätowierer* — diz ele, com voz mais baixa que de costume.

— Não sei do que o senhor está falando — comenta Lale.

— Coisas. Você as consegue. Sei que tem contatos lá de fora.

— Por que está dizendo isso?

— Olha só, eu gosto de você, tudo bem? Eu não atirei em você, atirei?

— O senhor atirou em muitos outros.

— Mas não em você. Somos como irmãos, você e eu. Eu já não contei a você meus segredos?

Lale opta por não contestar a afirmação de irmandade.

— O senhor fala. Eu ouço — responde Lale.

— Você me deu alguns conselhos, e eu escutei. Até tentei escrever coisas bonitas para a minha namorada.

— Eu não sabia disso.

— Agora você sabe — diz Baretski, com a expressão séria. — Bem, veja só… tem algo que quero que você tente conseguir para mim.

Lale fica nervoso, pois alguém poderia ouvir aquela conversa.

— Eu já disse ao senhor…

— Logo vai ser aniversário da minha namorada, e quero que você me arranje um par de meias de nylon para eu mandar para ela.

Descrente, Lale olha para Baretski.

Baretski sorri para ele.

— Só consiga para mim e eu não atiro em você. — Ele ri.

— Vou ver o que posso fazer. Talvez leve alguns dias.

— Só não demore demais.

— Mais alguma coisa que eu possa fazer pelo senhor? — pergunta Lale.

— Não, vou te dar o dia livre. Você pode ir e passar um tempo com *Gita*.

Lale se encolhe. Já é bem ruim que Baretski saiba que Lale passa um tempo com ela, mas ele odeia ainda mais ouvir o desgraçado dizendo seu nome.

Antes de fazer o que Baretski sugeriu, Lale vai procurar Victor. Acaba encontrando Yuri, que lhe diz que Victor está doente e não vai trabalhar naquele dia. Lale diz que sente muito em saber daquilo e se afasta.

— Posso fazer alguma coisa por você? — pergunta Yuri.

Lale volta.

— Não sei. Tenho um pedido especial.

Yuri ergue uma sobrancelha.

— Talvez eu possa ajudar.

— Meias de nylon. Sabe, aquelas que as garotas usam nas pernas.

— Não sou criança, Lale. Sei o que são meias de nylon.

— Pode me conseguir um par? — Lale revela dois diamantes na mão.

Yuri os pega.

— Me dê dois dias. Acho que posso ajudá-lo.

— Obrigado, Yuri. Estimo as melhoras de seu pai. Espero que ele se recupere logo.

Lale está cruzando o complexo até o campo das mulheres quando ouve o som de uma aeronave. Olha para cima quando o pequeno avião voa baixo sobre o complexo e começa a voltar. Tão baixo que Lale consegue identificar o símbolo da Força Aérea dos Estados Unidos.

Um prisioneiro grita:

— São os americanos! Os americanos estão aqui.

Todos olham para cima. Algumas pessoas começam a pular, agitando os braços. Lale olha para as torres que cercam o complexo e nota que os guardas estão em alerta máximo, apontando os fuzis para o complexo onde homens e mulheres estão causando um tumulto. Alguns deles estão simplesmente acenando para chamar a atenção do piloto, muitos outros estão apontando para os crematórios e gritando "Jogue as bombas. Jogue as bombas!". Lale pensa em se juntar quando o avião passa uma segunda vez e faz a volta para passar uma terceira. Vários prisioneiros correm na direção do crematório, apontando, desesperados para passar sua mensagem. "Jogue as bombas. Jogue as bombas!"

Na terceira passagem sobre Birkenau, o avião ganha altura e vai embora. Os prisioneiros continuam a gritar. Muitos caem de joelhos, arrasados porque seus gritos foram ignorados. Lale começa a recuar para o prédio mais próximo. No momento certo. Uma chuva de balas desce das torres sobre aqueles que estão no complexo, acertando dezenas de pessoas que foram lentas demais para buscar abrigo.

Diante dos guardas prontos para atirar, Lale acaba desistindo de ir ver Gita. Em vez disso, volta ao seu bloco, onde é recebido com lamentos e choro. As mulheres abraçam garotos e garotas que tiveram ferimentos a bala.

— Eles viram o avião e se juntaram a outros prisioneiros que estavam correndo pelo complexo — diz um dos homens.

— O que posso fazer para ajudar?

— Leve as outras crianças para dentro. Elas não precisam ver isso.

— Claro.

— Obrigado, Lale. Vou mandar as mulheres mais velhas ajudarem você. Não sei o que fazer com os corpos. Não posso deixá-los aqui.

— Os SS farão uma ronda para recolher os mortos, tenho certeza. — Parece tão frio, trivial. As lágrimas queimam por trás dos olhos de Lale. Ele arrasta os pés, envergonhado. — Desculpe.

— O que eles vão fazer conosco? — pergunta o homem.

— Não sei o que o destino reserva a nenhum de nós.

— Morrer aqui?

— Não se eu puder evitar, mas não sei.

Lale começa a reunir os garotos e garotas para levá-los para dentro. Alguns choram, alguns estão chocados demais para chorar. Várias mulheres mais velhas juntam-se a ele. Eles levam as crianças sobreviventes para o fundo do bloco e começam a lhes contar histórias, mas dessa vez não funciona. As crianças não podem ser consoladas. A maioria delas permanece em um estado silencioso de trauma.

Lale vai para seu quarto e volta com chocolate, que ele e Nadya dividem e distribuem. Algumas crianças pegam, outras olham como se o doce também fosse prejudicá-las. Não há nada mais que possa fazer. Nadya toma-o pela mão, levantando-o.

— Obrigada. Você fez tudo o que pôde. — Ela acaricia o rosto dele com as costas da mão. — Vá agora.

— Vou ajudar os homens — responde Lale com voz hesitante.

Ele sai cambaleando. Lá fora, ajuda os homens a reunirem os pequenos corpos em uma pilha para a SS levá-los. Observa que eles já estão recolhendo os corpos que jazem no complexo. Várias mães recusam-se a entregar seus preciosos filhos, e é doloroso para Lale ver as diminutas formas sem vida sendo arrancadas dos braços das mães.

— *Yitgadal v'yitkadash sh'mei raba...* Que seja exaltado e santificado Seu grande nome... — Lale recita o kadish em um sussurro.

Ele não sabe como ou com quais palavras os romani honram seus mortos, mas reage por reflexo a essas mortes de um jeito que ele sempre soube. Senta-se lá fora por um bom tempo, olhando para o céu, imaginando o que os americanos viram e pensaram. Vários dos homens juntam-se a ele em silêncio, um silêncio que não é mais quieto. Um muro de tristeza os cerca.

Lale pensa na data, 4 de abril de 1944. Quando viu "abril" em suas folhas de trabalho daquela semana, ficou com os nervos abalados. Abril, o que havia em abril? Então, ele se dá conta. Em três semanas, ele terá feito dois anos ali. *Dois anos*. Como conseguiu? Como ainda está respirando, quando tantos não estão mais? Pensa na promessa que fizera no início. Sobreviver e ver os responsáveis paguem. Talvez, apenas talvez, aqueles no avião entenderam o que estava acontecendo, e o resgate estivesse a caminho. Seria tarde demais para aqueles que haviam morrido naquele dia, mas talvez suas mortes não fossem totalmente em vão. *Mantenha esse pensamento. Use-o para sair da cama amanhã de manhã, e na manhã seguinte, e na próxima.*

O cintilar das estrelas lá em cima não é mais um consolo. Elas apenas o lembram do abismo entre o que a vida pode ser e o que ela é agora. Das noites mornas de verão da infância, quando ele fugia depois que todos iam se deitar para deixar a brisa da noite acariciar seu rosto e embalar seu sono; das noites em que passava com as moças, caminhando de mãos dadas em um parque, ao lado de um lago, seu caminho iluminado por milhares de estrelas lá em cima. Ele costumava se sentir confortado pela abóbada celeste do céu noturno. *Em algum lugar minha família estará olhando as mesmas estrelas agora e imaginando onde estou. Espero que consigam mais conforto delas do que eu.*

Foi no início de março de 1942 que Lale disse adeus a seus pais, irmão e irmã, em sua cidade natal, Krompachy. Abrira mão de seu trabalho e do apartamento na cidade de Bratislava, no outubro anterior. Tomara a decisão depois de falar com um velho amigo, um não judeu que trabalhava para o governo. O amigo o advertiu que as coisas estavam mudando politicamente para todos os cidadãos judeus, e que o charme de Lale não o salvaria do que estava por vir. Seu amigo lhe ofereceu um trabalho que, segundo ele, o protegeria da perseguição. Depois de reunir-se com o supervisor de seu amigo, recebeu a proposta de um trabalho como assistente do líder do Partido Nacional Eslovaco, o *Slovenská národná strana*, que ele aceitou. Ser parte do PNE não envolvia religião, mas sim manter o país nas mãos dos eslovacos. Vestido com um uniforme do partido, que lembrava muito um uniforme militar, Lale passou várias semanas viajando pelo país, distribuindo boletins, e falando em comícios e reuniões. O partido tentava, em especial, impingir na juventude a necessidade de permanecer unida, desafiar o governo, que não denunciava Hitler nem oferecia proteção a todos os eslovacos.

Lale sabia que todos os judeus da Eslováquia tinham recebido ordens para usar a Estrela de David amarela na roupa quando estivessem em público. Ele se recusara. Não por medo. Mas porque ele se via como um eslovaco: orgulhoso, teimoso e até mesmo, ele admitia, arrogante quanto a seu lugar no mundo. Ser judeu era uma casualidade e nunca havia interferido antes no que ele fazia e com quem ele tinha amizade. Se o fato surgisse em uma conversa, ele reconhecia e seguia em frente. Não era um traço determinante para ele. Era uma questão discutida com mais frequência no quarto do que em um restaurante ou clube.

Em fevereiro de 1942, ele recebeu um alerta antecipado de que o Ministro de Relações Estrangeiras da Alemanha havia solicitado que o governo eslovaco começasse a transportar judeus para fora do país como força de trabalho. Lale solicitou uma dispensa para visitar a família, que foi concedida, e lhe disseram que ele podia voltar ao seu cargo no partido a qualquer momento – que aquele trabalho estava seguro.

Ele nunca havia se considerado ingênuo. Como muitos que viviam na Europa naquele momento, estava preocupado com a ascensão de Hitler e com os horrores que o *Führer* estava infligindo em outras nações pequenas, mas não conseguia aceitar que os nazistas invadiriam a Eslováquia. Não precisavam. O governo estava lhes dando o que queriam, quando queriam, e não representava ameaça. A Eslováquia só queria ficar em paz. Em jantares e reuniões com a família e amigos, às vezes eles discutiam os relatos de perseguição de judeus em outros países, mas não consideravam que, como grupo, os judeus eslovacos estivessem particularmente em risco.

E, no entanto, ele está ali agora. Dois anos haviam se passado. Ele vive em uma comunidade em grande parte dividida em duas – judeus e romanis –, identificadas pela raça, não pela nacionalidade, e aquilo é algo que Lale ainda não consegue entender. Nações ameaçam outras nações. Elas têm o poder, elas têm as forças armadas. *Como uma raça espalhada em múltiplos países pode ser considerada uma ameaça?* Por mais que ele viva, seja pouco ou muito, ele sabe que nunca compreenderá aquilo.

19

— Você perdeu sua fé? — pergunta Gita quando se recosta no peito de Lale no lugarzinho só deles atrás do prédio da administração. Ela escolheu aquele momento para fazer a pergunta, pois quer ouvir a resposta, não vê-la.

— Por que você está perguntando isso? — devolve ele a pergunta, acariciando a cabeça de Gita.

— Porque acho que você perdeu — responde ela —, e isso me entristece.

— Então, claramente você não perdeu, certo?

— Perguntei primeiro.

— Sim, acho que perdi.

— Quando?

— Na noite em que cheguei aqui. Eu disse a você o que aconteceu, o que vi. Como um Deus misericordioso pôde deixar isso acontecer, eu não sei. E nada aconteceu desde aquela noite para que eu mudasse de ideia. Pelo contrário.

— Precisa acreditar em alguma coisa.

— Eu acredito. Acredito em você e em mim e em nossa saída daqui, e em construir uma vida juntos onde pudermos...

— Sei, quando e onde quisermos. — Ela suspira. — Ai, Lale, como eu queria.

Lale vira-se para encará-la.

— Não vou ser definido por ser judeu — diz ele. — Não vou negar, mas sou homem em primeiro lugar, um homem apaixonado por você.

— E se eu quiser manter minha fé? Se ainda for importante para mim?

— Não tenho o que opinar.

— Sim, tem sim.

Eles ficam em um silêncio desconfortável. Ele a observa, os olhos dela tristes.

— Não tenho problema em você manter sua fé — diz Lale, amável. — Na verdade, vou encorajar sua fé se isso significar muito para você e a mantiver ao meu lado. Quando sairmos daqui, vou encorajá-la a praticar sua fé, e, quando nossos filhos vierem, eles podem seguir a fé da mãe. Isso satisfaz você?

— Bebês? Não sei se poderei ter filhos. Acho que estou acabada por dentro.

— Assim que sairmos daqui e eu puder engordar você um pouco, teremos filhos, e eles serão bebês lindos; eles vão se parecer com a mãe.

— Obrigada, meu amor. Você me faz querer acreditar em um futuro.

— Ótimo. Isso significa que você vai me dizer seu sobrenome e de onde veio?

— Ainda não. Eu lhe disse, no dia em que deixarmos este lugar. Por favor, não me pergunte de novo.

Depois de se separar de Gita, Lale procura Leon e alguns outros do Bloco 7. É um dia lindo de verão, e ele pretende aproveitar o sol e a companhia dos amigos enquanto pode. Eles se sentam recostados à parede de um dos blocos. A conversa é simples. Ao som da sirene, Lale se despede e volta a seu bloco. Quando está perto do prédio, sente que há algo de errado. As crianças romanis estão em pé ao redor, não correram para encontrá-lo, mas abrem caminho enquanto ele passa. Ele as cumprimenta, mas elas não respondem. Entende imediatamente por que quando abre a porta de seu quarto. Espalhadas em sua cama estão as pedras preciosas e o dinheiro que estava embaixo de seu colchão. Dois oficiais da SS o estão aguardando.

— Quer explicar isso, *Tätowierer*?

Lale fica sem palavras.

Um dos oficiais arranca a mala de Lale de sua mão e esvazia suas ferramentas e frascos de tinta no chão. Em seguida, põem a recompensa na mala. Com pistolas sacadas, encaram Lale diretamente e acenam para ele se mover. As crianças afastam-se quando Lale é levado do campo cigano pelo que ele acredita ser a última vez.

Lale fica diante de Houstek, o conteúdo de sua mala espalhado sobre a mesa do *Oberscharführer*.

Houstek pega e examina cada pedra preciosa e joia, uma por vez.

— Onde conseguiu tudo isso? — pergunta ele sem olhar para a frente.

— Prisioneiros me deram.

— Que prisioneiros?

— Não sei o nome deles.

Houstek lançou um olhar penetrante para Lale.

— Você não sabe quem lhe deu tudo isso?

— Não, não sei.

— Devo acreditar nisso?

— Sim, senhor. Eles trazem para mim, mas não pergunto seus nomes.

Houstek bate com o punho na mesa, fazendo as pedras preciosas balançarem.

— Isso me deixa muito irritado, *Tätowierer*. Você é bom no seu trabalho. Agora vou ter que encontrar outra pessoa para fazê-lo. — Ele se vira para os oficiais da escolta. — Levem-no para o Bloco 11. Lá ele se lembrará logo dos nomes.

Lale é levado para fora e colocado em um caminhão. Dois oficiais da SS sentam-se ao lado dele, cada um empurrando uma pistola nas costelas do judeu. Durante o trajeto de quatro quilômetros, Lale se despede em silêncio de Gita e do futuro que tinham acabado de imaginar. Fechando os olhos, diz mentalmente o nome de cada um dos membros de sua família. Não consegue visualizar os irmãos do jeito nítido como costumava fazer. A mãe ele consegue ver perfeitamente. Mas como dizer adeus à própria mãe? À pessoa que fez com que ele respirasse, que lhe ensinou a viver? Ele não consegue lhe dizer adeus. Arfa quando a imagem do pai surge diante dele, levando um dos oficiais a pressionar a pistola com mais força em suas costelas. Da última vez que viu o pai, ele estava chorando. Não quer que essa seja sua lembrança dele, então busca outra imagem e encontra a do pai trabalhando com seus amados cavalos. Sempre falava de forma tão carinhosa com eles, ao contrário da forma como se expressava com os próprios filhos. O irmão de Lale, Max, mais velho e sábio. Ele lhe diz que espera não o ter decepcionado, que tentou agir como Max teria feito em seu lugar. Pensa na irmã mais nova, Goldie, a dor é muita, demais.

O caminhão para de repente, jogando Lale contra o oficial ao seu lado.

Ele é deixado em uma saleta no Bloco 11. A reputação dos Blocos 10 e 11 é bem conhecida. São os blocos de punição. Por trás daqueles centros de tortura isolados fica o Muro Negro, o paredão de execução. Lale acredita que será levado até lá depois de ser torturado.

Por dois dias, fica sentado na cela, a única luz vindo através de uma fresta sob a porta. Enquanto ouve gritos e berros, revive cada momento que passou com Gita.

No terceiro dia, ele é ofuscado pela luz do sol que se derrama na saleta. Um homem grande bloqueia a passagem e lhe entrega uma tigela com um líquido. Lale a pega e, quando ajusta a visão, reconhece o homem.

— Jakub, é você?

Jakub entra na cela, o teto baixo o força a se inclinar.

— *Tätowierer*. O que você está fazendo aqui? — Jakub fica visivelmente chocado.

Lale esforça-se para se levantar, com as mãos estendidas.

— Eu sempre fiquei imaginando o que havia acontecido com você — diz ele.

— Como previu, encontraram um trabalho para mim.

— Então, você é um guarda?

— Não apenas um guarda, meu amigo. — A voz de Jakub é sombria. — Sente-se e coma, e vou lhe contar o que faço aqui e o que vai acontecer com você.

Apreensivo, Lale se senta e olha a comida que Jakub lhe deu. Um caldo ralo, turvo, contendo um pedaço de batata. Faminto alguns momentos atrás, ele percebe que seu apetite o abandonou naquele instante.

— Nunca me esqueci de sua gentileza — diz Jakub. — Tinha certeza de que morreria de fome na noite em que cheguei aqui, e lá estava você para me alimentar.

— Bem, você precisa de mais comida que a maioria.

— Ouvi histórias de que você estava contrabandeando comida. São verdadeiras?

— É por isso que estou aqui. As prisioneiras que trabalham no Canadá me trazem dinheiro e pedras preciosas, e eu os uso para comprar comida e remédios dos aldeões, que distribuo. Acho que alguém ficou de fora e me entregou.

— Não sabe quem?

— Você sabe?

— Não, esse não é meu trabalho. Meu trabalho é tirar esses nomes de você... nomes de prisioneiros que talvez estejam planejando escapar ou resistir e, claro, o nome das prisioneiras que levam dinheiro e joias para você.

Lale desvia o olhar. Ele começa a compreender a monstruosidade do que Jakub está dizendo.

— Como você, *Tätowierer*, faço o que preciso para sobreviver.

Lale concorda com a cabeça.

— Tenho que espancá-lo até você me dar os nomes. Sou um assassino, Lale.

Lale balança a cabeça pendente, murmura cada xingamento que conhece.

— Não tenho escolha.

Um misto de emoções correm por Lale. Nomes de prisioneiros mortos flutuam por sua mente. Poderia dar a Jakub esses nomes? *Não. Eles vão acabar descobrindo, e então voltarei a este lugar.*

— A questão é — diz Jakub — que não posso permitir que você me dê nenhum nome.

Lale o encara, confuso.

— Você foi bom comigo, e vou fazer o espancamento parecer pior do que é, mas matarei você antes de deixar que me dê um nome. Quero o mínimo possível de sangue inocente em minhas mãos — explica Jakub.

— Ah, Jakub. Nunca imaginei que esse seria o trabalho que encontrariam para você. Sinto muito.

— Se eu precisar matar um judeu para salvar outros dez, então matarei.

Lale estende a mão até o ombro do homem grande.

— Faça o que tiver que fazer.

— Fale apenas em iídiche — diz Jakub, afastando-se. — Não acho que os SS daqui conheçam você ou saibam que você fala alemão.

— Tudo bem, iídiche.

— Volto aqui mais tarde.

De volta à escuridão, Lale pondera sobre seu destino. Ele resolve não falar nome nenhum. Agora é uma questão de quem vai matá-lo: um oficial da SS entediado cujo jantar está esfriando ou Jakub, assassinando um para salvar outros. Uma sensação de calma toma-o quando ele se resigna à morte.

Ele se pergunta se alguém dirá a Gita o que aconteceu com ele ou ela passará o resto da vida sem nunca saber?

Lale cai em um sono profundo, exausto.

— Onde ele está? — grita seu pai, irrompendo na casa.

De novo, Lale não apareceu para trabalhar. Seu pai chega atrasado para o jantar porque teve de fazer o trabalho de Lale. Lale corre e tenta se esconder atrás da mãe, puxando-a para longe do banco onde ela está sentada, criando uma barreira entre ele e o pai. Ela estende as mãos para trás e segura o que consegue de Lale ou de sua roupa, protegendo-o do que seria, no mínimo, um safanão na cabeça. Seu pai não a obriga a se afastar ou faz qualquer tentativa de alcançar Lale.

— Eu cuido dele — diz a mãe. — Depois do jantar eu vou castigá-lo. Agora, sente-se.

O irmão e a irmã de Lale reviram os olhos. Eles já viram e ouviram aquilo tudo antes.

Mais tarde, naquela noite, Lale promete à mãe que vai tentar ser mais solícito com o pai. Mas é tão difícil ajudar o pai. Lale teme que vá acabar como ele, velho antes do tempo, cansado demais para fazer um simples elogio à mulher por sua aparência ou pela comida que ela passa o dia todo preparando para ele. Não é quem Lale quer ser.

"Eu sou seu favorito, não sou, mamãe?", Lale perguntava. Se os dois estivessem sozinhos na casa, a mãe o abraçava com força: "Claro, meu querido, você é". Se seu irmão ou irmã estavam presentes: "Vocês todos são meus favoritos". Lale nunca ouviu o irmão ou a irmã fazerem essa pergunta, mas talvez fizessem quando ele não estava. Quando era garotinho, ele anunciava com frequência à família que se casaria com sua mãe quando crescesse. O pai fingia não ouvir. Os irmãos provocavam Lale a brigar, enfatizando que a mãe já era casada. Depois de separar a briga, a mãe o puxava de lado e explicava que um dia ele encontraria outra pessoa para amar e cuidar. Ele jamais quis acreditar nela.

Quando virou um rapaz, ele corria para casa todos os dias para cumprimentá-la com um abraço, a sensação de seu corpo confortável, sua pele macia, os beijos que ela dava em sua testa.

— O que posso fazer para ajudar você? — dizia ele.

— Você é um rapaz tão bom. Vai ser um marido maravilhoso um dia.

— Diga o que fazer para ser um bom marido. Não quero ficar como o papai. Ele não a faz sorrir. Não ajuda você.

— Seu papai trabalha muito para ganhar dinheiro para nos sustentar.

— Eu sei, mas ele não pode fazer as duas coisas? Ganhar dinheiro e fazer você sorrir?

— Tem muito a aprender antes de crescer, rapazinho.

— Então me ensine. Quero que a garota com quem eu me casar goste de mim, seja feliz comigo.

A mãe de Lale sentou-se, e ele se sentou diante dela.

— Primeiro, precisa aprender a ouvi-la. Mesmo se estiver cansado, nunca esteja cansado demais para ouvir o que ela tem a dizer. Saiba do que ela gosta e, mais importante, do que ela não gosta. Quando puder, dê agradinhos para ela, flores, chocolates… mulheres gostam dessas coisas.

— Quando foi a última vez que papai trouxe um agrado para você?

— Não importa. Você quer saber o que as garotas querem, não o que eu recebo.

— Quando eu tiver dinheiro, vou trazer flores e chocolates para você, eu prometo.

— Tem que guardar seu dinheiro para a garota que conquistar seu coração.

— Como vou saber quem é ela?

— Ah, você vai saber.

Ela o puxou para seus braços e acariciou os cabelos dele: seu menino, seu homenzinho.

A imagem da mãe dissolve-se – lágrimas, a imagem fica borrada, ele pisca – e imagina Gita em seus braços, ele acarinhando os cabelos dela.

— Você tinha razão, mamãe. Eu sei.

Jakub vem até ele, arrasta-o por um corredor até um pequeno quarto sem janela. Uma única lâmpada pende do teto. Algemas balançam de uma corrente na parede ao fundo. Há uma vara de faia no chão. Dois oficiais da SS conversam, parecendo ignorar a presença de Lale. Ele dá passos arrastados para trás, sem erguer os olhos do assoalho. Sem aviso, Jakub desfere um murro no rosto de Lale, fazendo-o cambalear para trás até bater na parede. Os oficiais agora prestam atenção. Lale tenta levantar-se. Jakub puxa o pé direito devagar para trás. Lale prevê o chute iminente. Ele recua assim que o pé de Jakub se choca com suas costelas, em seguida exagera no impacto rolando, fingindo ânsia e agarrando o peito. Enquanto se levanta vagaroso, Jakub esmurra de novo seu rosto. Ele recebe a força total desta vez, embora Jakub tenha comunicado sua intenção de acertá-lo. O sangue corre livremente de seu nariz esmagado. Jakub ergue Lale com brutalidade e o algema à corrente pendurada.

Jakub pega a vara de faia, rasga as costas da camisa de Lale e o açoita cinco vezes. Em seguida, ele abaixa as calças e a cueca de Lale e o chicoteia nas nádegas mais cinco vezes. Os gritos de Lale não são fingimento. Jakub puxa a cabeça de Lale para trás.

— Diga o nome dos prisioneiros que roubam para você! — diz Jakub, firme e ameaçador.

Os oficiais continuam olhando, levantando-se casualmente.

Lale faz que não com a cabeça, gemendo:

— Eu não sei.

Jakub dá mais dez golpes em Lale. O sangue corre pelas pernas. Os dois oficiais começam a prestar mais atenção e se aproximam. Jakub puxa a cabeça de Lale para trás e rosna para ele.

— Fale! — Ele sussurra em seu ouvido: — Diga que não sabe e depois desmaie. — E, em seguida, mais alto. — Diga os nomes.

— Nunca pergunto! Eu não sei. Tem que acreditar em mim...

Jakub dá um murro no estômago de Lale. Ele se curva de joelhos, revira os olhos e finge desmaiar. Jakub vira-se aos oficiais da SS.

— É um judeu fraco. Se soubesse os nomes, já teria dito. — Ele chuta as pernas de Lale enquanto ele balança nas correntes.

Os oficiais meneiam a cabeça e saem da sala.

A porta se fecha, e Jakub rapidamente solta Lale, deitando-o com cuidado no chão. Com um pano escondido na camisa ele enxuga o sangue do corpo de Lale e sobe suas calças.

— Sinto muito, Lale.

Ele o ajuda a se erguer, carrega-o de volta a sua cela e o deita de bruços.

— Você foi bem. Vai precisar dormir assim por um tempo. Volto mais tarde com um pouco de água e uma camisa limpa. Descanse um pouco agora.

Pelos próximos dias, Jakub visita Lale com comida, água e uma ocasional muda de roupa. Relata a Lale a extensão de seus ferimentos e que estão sarando. Lale sabe que ficará marcado pela vida inteira. *Talvez o Tätowierer mereça isso.*

— Quantas vezes você me bateu? — pergunta Lale.

— Não sei.

— Sim, você sabe.

— Acabou, Lale, e você está sarando. Deixa pra lá.

— Você quebrou meu nariz? Vou ter problemas para respirar.

— Provavelmente, mas não é tão ruim. O inchaço já diminuiu e mal ficou deformado. Você continua bonitão. Ainda vai ter garotas atrás de você.

— Não quero garotas atrás de mim.

— Por que não?

— Encontrei a que eu quero.

No dia seguinte a porta se abre, e Lale ergue a cabeça para cumprimentar Jakub, mas, em vez disso, há dois oficiais da SS. Eles fazem sinal para que Lale se levante e os acompanhe. Lale fica sentado enquanto tenta se recompor. *Aquele será o fim? Vou para o Muro Negro?* Em silêncio, ele se despede da família e, por fim, de Gita. Os SS ficam impacientes, entram na cela e apontam os fuzis para ele. Ele os segue para fora com pernas trêmulas. Sentindo o sol no rosto pela primeira vez em mais de uma semana, ele cambaleia entre os dois oficiais. Erguendo os olhos, preparando-se para enfrentar seu destino, vê vários outros prisioneiros sendo enfiados em um caminhão próximo. Talvez não seja o fim. Suas pernas vacilam, e os oficiais o arrastam pela curta distância que resta. Jogam-no dentro do caminhão, e ele não olha para trás. Agarra-se à lateral do veículo por todo o caminho até Birkenau.

20

Lale recebe ajuda para descer do caminhão e é arrastado para dentro do escritório do *Oberscharführer* Houstek. Os dois oficiais da SS o seguram, um de cada lado.

— Não conseguimos que ele revelasse nada nem mesmo depois de o judeu grandão tentar — diz um deles.

Houstek se vira para Lale, que levanta a cabeça.

— Então você não sabia mesmo os nomes deles? E eles não atiraram em você?

— Não, senhor.

— Devolveram você a mim, não é? Agora você volta a ser problema meu.

— Sim, senhor.

Houstek observa os oficiais.

— Leve-o ao Bloco 31. — Ele se vira para Lale. — Vamos conseguir bastante coisa de você antes de seu número ser chamado, pode escrever.

Lale é arrastado para fora do escritório. Ele tenta acompanhar o ritmo dos oficiais da SS. Mas a caminho do complexo ele desiste e acaba sendo arrastado, ferindo os pés no cascalho. Os oficiais abrem a porta do Bloco 31 e o jogam ali, partindo em seguida. Lale fica deitado no chão, exausto de corpo e alma. Vários prisioneiros se aproximam dele com cautela. Dois tentam erguê-lo, mas Lale grita de dor e eles param. Um deles puxa a camisa de Lale para cima, revelando os vergões grandes em suas costas e nádegas. Com mais gentileza desta vez, eles o erguem e o deitam em um beliche. Em pouco tempo, ele adormece.

* * *

— Sei quem é — diz um dos prisioneiros.

— Quem? — pergunta o outro.

— É o *Tätowierer*. Não o reconhece? Ele provavelmente fez seu número.

— Sim, tem razão. Queria saber quem ele irritou.

— Não sei de nada sobre isso. Até agora, só fiquei neste bloco. Eu irritei alguém no dia em que cheguei. — Os homens riram baixinho.

— Eu pegava porções extras de comida com ele quando estava no Bloco 6. Ele estava sempre distribuindo comida.

— Ele não pode jantar. Vou trazer um pouco da minha comida para ele, pois vai precisar dela amanhã.

Um pouco depois, Lale é despertado por dois homens, cada um deles segura um pedaço de pão. Oferecem o alimento para ele, que aceita com gratidão.

— Preciso sair daqui.

Os homens riem.

— Claro, meu amigo. Você tem duas opções, nesse caso: uma é rápida, a outra pode demorar um pouco mais.

— E quais são elas?

— Bom, amanhã cedo você pode sair e se jogar no carrinho da morte quando ele passar. Ou pode ir trabalhar nos campos até cair ou implorar para que eles atirem em você.

— Não gosto dessas opções. Vou ter que encontrar outra maneira.

— Boa sorte, meu amigo. É melhor você descansar um pouco. Amanhã o dia será longo, ainda mais na sua situação.

Naquela noite, Lale sonha com as vezes em que saiu de casa.

Na primeira vez, ele era um jovem promissor buscando construir seu futuro. Encontraria um emprego de que gostasse e no qual pudesse se desenvolver. Teria experiências ricas, visitaria as cidades românticas da Europa sobre as quais tinha lido nos livros: Paris, Roma,

Viena. Acima de tudo, queria encontrar aquela pessoa por quem se apaixonaria, a quem cobriria de afeto e das coisas que sua mãe tinha dito que eram importantes: flores, chocolates, seu tempo e atenção.

A segunda partida, cheia de incerteza e do desconhecido, o abalou. O que esperava por ele?

Ele chegou a Praga depois de uma viagem longa e emocionalmente dolorosa para longe de sua família. Apresentou-se, conforme tinha sido instruído, ao departamento do governo e disseram que ele tinha que se hospedar próximo dali e apresentar-se toda semana até seu papel ser decidido. No dia 16 de abril, um mês depois, disseram para ele se apresentar com seus pertences em uma escola da região. Ali, ele foi hospedado com vários judeus jovens de toda a Eslováquia.

Lale se orgulhava de sua aparência, e sua situação de vida não o impedia de andar muito bonito. Todos os dias, ele lavava e limpava as roupas no banheiro da escola. Não sabia para onde estava indo, mas queria manter a boa aparência para quando chegasse.

Depois de cinco dias parado, entediado, assustado, principalmente entediado, Lale e os outros receberam a ordem para pegarem suas coisas e irem para a estação de trem. Não sabiam para onde estavam indo. Um trem que transportava gado parou, e os homens tiveram que embarcar. Alguns se negaram, explicando que o vagão imundo era um insulto a sua dignidade. Lale observou a reação, vendo pela primeira vez seus compatriotas erguendo os fuzis aos judeus, e atirando naqueles que continuavam protestando. Ele embarcou com todos os outros. Quando não cabia mais ninguém dentro de seu vagão, Lale observou as portas se fechando e as ouviu sendo trancadas por membros do Exército eslovaco, homens cuja tarefa deveria ter sido protegê-lo.

Sem parar, ele ouve o som de portas sendo batidas e trancadas, batidas e trancadas.

Na manhã seguinte, os dois prisioneiros gentis ajudam Lale a sair do bloco e ficam com ele para esperar a chamada. *Há quanto tempo estou de pé assim?* Números, números. A sobrevivência está sempre ligada a números. Ter o número marcado na lista de seu *kapo* indica que você ainda está vivo. O número de Lale é o último da lista, já que ele é o mais novo ocupante do Bloco 31. Ele não responde na primeira vez em que seu número é chamado, tem que ser cutucado. Depois de uma xícara de café velho e fraco, e de uma fatia fina de pão duro, eles são levados em direção ao trabalho.

Em uma área entre os campos de Auschwitz e Birkenau, eles são obrigados a carregar pedras grandes, de um lado a outro. Depois de todas as pedras serem movidas, recebem a ordem de as levarem de volta. E assim o dia passa. Lale pensa nas centenas de vezes em que atravessou a estrada e viu aquela atividade acontecer. *Não, eu só vi de relance. Não consegui ficar observando o que aqueles homens estavam sofrendo.* Depressa, ele entende que o oficial da SS atirou no último que chegou com sua pedra.

Lale precisa usar toda a sua força. Seus músculos doem, mas sua mente se mantém firme. Em uma ocasião, ele é o penúltimo a chegar. Quando o dia termina, aqueles que ainda estão vivos juntam os corpos dos que foram mortos e os levam de volta ao campo. Lale é dispensado de sua tarefa, mas avisam que ele só tem um dia de folga. No dia seguinte, ele vai ter que se aguentar de pé, se ainda estiver vivo.

Enquanto caminham de volta para Birkenau, Lale vê Baretski de pé do lado de dentro do portão. Ele alcança Lale e caminha ao seu lado.

— Fiquei sabendo do que aconteceu com você.

Lale olha para ele.

— Baretski, pode me ajudar com algo?

Ao pedir ajuda, ele admite aos outros homens que é diferente deles. Sabe o nome do oficial e pode pedir ajuda a ele. Ser simpático com o inimigo lhe dá vergonha, mas ele precisa disso.

— Talvez... O que é? — Baretski parece desconfortável.

— Pode enviar uma mensagem a Gita?

— Você quer mesmo que ela saiba onde você está? Não é melhor que ela pense que você já está morto?

— Diga a ela exatamente onde estou — Bloco 31 — e diga a ela para contar a Cilka.

— Você quer que a amiga dela saiba onde você está?

— Sim, é importante. Ela vai entender.

— Hum... Vou fazer isso se estiver a fim. É verdade que você tinha uma fortuna em diamantes embaixo do colchão?

— Eles falaram dos rubis, das esmeraldas, dos dólares ianques, das libras britânicas e sul-africanas?

Baretski balança a cabeça, incrédulo, rindo, e dá um tapa doloroso nas costas de Lale antes de se afastar.

— Cilka. A Gita deve contar à Cilka — diz ele.

Com um movimento do braço, Baretski dispensa Lale.

Baretski entra no campo das mulheres quando elas estão formando uma fila para o jantar. Cilka vê quando ele se aproxima da *kapo* e então aponta Gita. A *kapo* chama Gita com um movimento do dedo. Cilka chama Dana para perto enquanto Gita caminha lentamente na direção de Baretski. Elas não conseguem ouvir o que ele diz, mas sua mensagem faz Gita cobrir o rosto com as mãos. Então, ela se vira para as amigas e volta correndo para os braços delas.

— Ele está vivo! Lale está vivo! — diz ela. — Ele disse que devo contar a você, Cilka, que ele está aqui no Bloco 31.

— Por que eu?

— Não sei, mas ele disse que Lale tinha insistido para que eu contasse a você.

— O que *ela* pode fazer? — pergunta Dana.

Cilka desvia o olhar, a mente tomada por mil pensamentos.

— Não sei — diz Gita, sem vontade de analisar. — Só sei que ele está vivo.

— Cilka, o que você pode fazer? Como pode ajudar? — pergunta Dana.

— Vou pensar nisso — diz Cilka.

— Ele está vivo. Meu amor está vivo — Gita repete.

* * *

Naquela noite, Cilka se deita nos braços de Schwarzhuber. Ela percebe que ele ainda não dormiu. Ela abre a boca para dizer algo, mas se mantém em silêncio quando ele tira o braço de baixo do corpo dela.

— Você está bem? — pergunta ela com hesitação, temendo que ele desconfie de uma pergunta tão íntima.

— Sim.

Há uma suavidade na voz dele que ela não tinha ouvido antes e, encorajada, Cilka insiste.

— Nunca disse não para você, não é? E também nunca te pedi nada antes — diz ela, hesitante.

— É verdade — responde ele.

— Posso te pedir uma coisa?

Lale sobrevive até o dia seguinte. Faz sua parte, ajudando a levar um dos homens mortos de volta. Ele detesta a si mesmo por só pensar na dor que sente, com pouca compaixão pelo homem morto. *O que está acontecendo comigo?* Passo a passo, a dor em seus ombros ameaça derrubá-lo. *Resista, resista.*

Quando entram no campo, duas pessoas de pé além da cerca que separa os prisioneiros dos aposentos dos trabalhadores chamam a atenção de Lale. A pequena Cilka está ao lado do *Lagerführer* Schwarzhuber. Um guarda do lado de Lale na cerca está falando com eles. Lale para, soltando o cadáver, o que faz com que o prisioneiro que está segurando a outra extremidade do corpo tropece e caia. Lale olha para Cilka, que olha de volta para ele antes de dizer algo a Schwarzhuber. Ele assente e aponta Lale. Cilka e Schwarzhuber se afastam enquanto o guarda se aproxima de Lale.

— Venha comigo.

Lale deixa no chão as pernas que está segurando e pela primeira vez olha para o rosto do homem morto. Sua compaixão volta e ele abaixa a cabeça diante do fim trágico de mais uma vida. Lança um olhar como se pedisse desculpas ao outro homem que carrega o corpo e corre para acompanhar o guarda. Os outros prisioneiros do Bloco 31 ficam olhando para ele.

O guarda diz a Lale:

— Fui instruído a levar você a seu antigo quarto no campo cigano.

— Sei o caminho.

— Faça o favor. — O guarda o deixa.

Lale para na frente do campo cigano, observando as crianças correndo. Várias delas olham para ele, tentando entender por que ele voltou. O *Tätowierer*, até onde elas sabem, está morto. Uma delas corre até Lale, passando os braços por sua cintura, abraçando-o com força, dando a ele as boas-vindas ao "lar". Os outros se unem, e em pouco tempo os adultos saem do bloco para cumprimentá-lo.

"Onde você esteve?", perguntam eles. "Está ferido?". Ele foge de todas as perguntas.

Nadya está de pé atrás do grupo. Lale olha nos olhos dela. Passando entre os homens, entre as mulheres e as crianças, ele para na frente dela. Com um dedo, ele seca uma lágrima de seu rosto.

— Bom te ver, Nadya.

— Sentimos sua falta. Eu senti sua falta.

Lale só consegue menear a cabeça. Precisa sair depressa dali antes que comece a chorar na frente de todos. Corre para seu quarto, fecha a porta para o mundo e se deita em sua velha cama.

21

— Tem certeza de que não é um gato?

Lale ouve as palavras e se esforça para registrar onde está. Abre os olhos e encontra Baretski sorrindo, inclinando-se sobre ele.

— Como?

— Você deve ser um gato, porque com certeza tem mais vidas que qualquer outra pessoa aqui.

Lale luta para se sentar.

— Foi…

— Cilka, sim, eu sei. Deve ser legal ter amigos no alto escalão.

— Daria minha vida com prazer para ela não precisar desses amigos.

— Você quase deu sua vida. Não que isso a ajudasse.

— Sim, é uma situação sobre a qual não posso fazer nada.

Baretski ri.

— Você realmente acha que manda nesses campos, não é? Droga, talvez você mande. Ainda está vivo e não deveria estar. Como conseguiu sair do Bloco 11?

— Não faço ideia. Quando me tiraram de lá, tive a certeza de que estava indo para o Muro Negro, mas então fui jogado em um caminhão e trazido de volta para cá.

— Nunca soube de ninguém que escapou da *Strafkompanie*, então, parabéns — diz Baretski.

— Não me importaria de não ter participado dessa história. Como consegui meu antigo quarto de volta?

— Fácil. Ele vem com o trabalho.

— Como?

— Você é o *Tätowierer*, e tudo o que posso dizer é graças a Deus. O eunuco que substituiu você não chegava nem perto.

— Houstek deixou que eu tivesse meu trabalho de volta?

— Eu não me aproximaria dele. Ele não queria você de volta; ele queria te dar um tiro. Mas Schwarzhuber tinha outros planos para você.

— Preciso conseguir ao menos um pouco de chocolate para Cilka.

— *Tätowierer*, não. Você vai ser vigiado bem de perto. Agora, venha, vou levá-lo ao trabalho.

Quando estavam saindo do quarto, Lale diz:

— Desculpe por não ter conseguido as meias de nylon que você queria. Fiz os arranjos, mas foram arruinados.

— Hum, bem, ao menos você tentou. De qualquer forma, ela não é mais minha namorada. Me deu o fora.

— Sinto muito por saber disso. Espero que não tenha sido por causa de alguma coisa que sugeri para você dizer a ela.

— Não acho. Ela conheceu alguém que está na mesma cidade... droga, no mesmo país... que ela.

Lale considera dizer mais alguma coisa, mas decide deixar para lá. Baretski leva-o para fora do bloco e até o complexo, onde um carregamento de homens chegou em um caminhão e uma seleção está acontecendo. Ele sorri por dentro ao avistar Leon trabalhando, derrubando a agulha de tatuagem, derramando tinta. Baretski afasta-se, e Lale se aproxima de Leon por trás.

— Precisa de uma mão?

Leon vira-se, acertando um frasco de tinta ao agarrar Lale pela mão, sacudindo-a vigorosamente, exultante.

— É tão bom ver você! — grita ele.

— Acredite, é bom estar de volta. Como você está?

— Ainda mijando sentado. Tirando isso, estou bem. Muito melhor agora que você está aqui.

— Então, vamos continuar. Parece que estão mandando alguns para cá.

— Gita sabe que você está de volta? — pergunta Leon.

— Acho que sim. Foi Cilka, a amiga dela, que me tirou de lá.

— Aquela que…?

— Sim. Vou tentar vê-las amanhã. Me dê uma dessas agulhas. É melhor eu não dar nenhuma desculpa para me mandarem de volta para onde eu estava.

Leon estende sua agulha de tatuagem enquanto vasculha a bolsa de Lale em busca de outra. Juntos eles começam a trabalhar, tatuando os novos residentes de Birkenau.

Na manhã seguinte, Lale espera do lado de fora do prédio da administração quando as garotas saem do trabalho. Dana e Gita não o veem até ele estar bem diante delas, bloqueando a passagem. Um momento passa antes de elas reagirem. Então, as duas garotas abrem os braços e o abraçam com força. Dana chora. Nenhuma lágrima de Gita. Lale solta-as e toma cada uma delas pela mão.

— As duas continuam lindas — ele lhes diz.

Gita lhe dá um soco no braço com a mão livre.

— Pensei que você estivesse morto. De novo. Pensei que nunca o veria outra vez.

— Eu também — concordou Dana.

— Mas não estou. Graças a você e a Cilka, não estou. Estou aqui com vocês duas, onde eu deveria estar.

— Mas… — chora Gita.

Lale puxa-a em sua direção e a segura com força.

Dana beija-o na bochecha.

— Vou deixar vocês dois aí. É tão bom vê-lo, Lale. Pensei que Gita morreria com o coração partido se você não voltasse logo.

— Obrigado, Dana — diz Lale. — Você é uma boa amiga, para nós dois.

Ela se afasta sem deixar o sorriso sair do rosto.

Centenas de prisioneiros vagam pelo complexo, enquanto Lale e Gita estão lá em pé, sem saber o que fazer em seguida.

— Feche os olhos — diz Lale.

— O quê?

— Feche os olhos e conte até dez.

— Mas…

— Só feche.

Um olho por vez, Gita faz o que ele manda. Ela conta até dez, em seguida os abre.

— Não entendi.

— Eu ainda estou aqui. Nunca vou deixar você de novo.

— Vamos, temos que andar — ela lhe diz.

Eles caminham na direção do campo das mulheres. Sem propina para a *kapo*, Lale não pode arriscar que Gita se atrase. Eles se recostam gentilmente um no outro.

— Não sei quanto tempo mais consigo aguentar isso.

— Não pode durar para sempre, meu amor. Aguente, por favor, aguente. Teremos o resto da vida juntos.

— Mas…

— Sem mas. Prometi que sairíamos deste lugar e faríamos uma vida juntos.

— Como? Não dá para saber o que o amanhã nos reserva. Olhe o que acabou de acontecer com você.

— Estou aqui com você agora, não estou?

— Lale…

— Deixe pra lá, Gita.

— Vai me contar o que aconteceu? Onde você esteve?

Lale faz que não com a cabeça.

— Não. Estou de volta agora, com você. O que importa é o que já disse muitas vezes, que vamos sair deste lugar e teremos uma vida livre, juntos. Confie em mim, Gita.

— Sim.

Lale gosta do som daquela palavra.

— Um dia você dirá essa palavrinha para mim em circunstâncias diferentes. Na frente de um rabino, cercado por nossa família e amigos.

Gita dá uma risadinha e pousa a cabeça no ombro dele por um instante quando chegam à entrada do campo das mulheres.

Enquanto Lale volta a seu bloco, dois jovens se aproximam e caminham ao seu lado.

— Você é o *Tätowierer*?

— Quem está perguntando? — questiona Lale.

— Soubemos que você pode conseguir comida extra para nós.

— Quem quer que tenha dito isso estava enganado.

— Podemos pagar — um deles disse, abrindo o punho cerrado para revelar um diamante pequeno, mas perfeito.

Lale cerrou os dentes.

— Vamos lá, pegue. Se puder conseguir qualquer coisa, realmente ficaríamos agradecidos, senhor.

— Em que bloco vocês estão?

— Nove.

Quantas vidas um gato tem?

Na manhã seguinte, Lale se detém nos portões principais com a mala na mão. Dois oficiais da SS se aproximam dele.

— *Politische Abteilung* — diz nas duas ocasiões, e eles o deixam em paz. Mas está mais apreensivo do que costumava ficar.

Victor e Yuri saem da fileira de homens que entram no campo e cumprimentam Lale calorosamente.

— Devemos perguntar onde você esteve? — pergunta Victor.

— Melhor não — responde Lale.

— De volta aos negócios?

— Não como antes. Reduzindo a escala, tudo bem? Só um pouco de comida extra, se puder, e nada mais de meias de nylon.

— Claro. Bem-vindo de volta — diz Victor com entusiasmo.

Lale estende a mão, Victor a pega, e o diamante troca de mãos.

— Entrada. Vejo você amanhã?

— Amanhã.

Yuri continua olhando.

— É bom ver você de novo — diz ele em voz baixa.

— É bom ver você também, Yuri. Você cresceu?

— Sim, acho que cresci.

— Diga — diz Lale —, você não teria algum chocolate com você? Preciso mesmo passar um tempo com a minha garota.

Yuri pega uma barra da bolsa, entrega para Lale com uma piscadela.

Lale segue diretamente para o campo das mulheres e vai até o Bloco 29. A *kapo* está onde sempre fica tomando sol. Ela observa Lale se aproximar.

— *Tätowierer*, que bom vê-lo de novo — diz ela.

— Perdeu peso? Sua aparência está ótima — diz Lale com um mínimo traço de ironia.

— Faz um tempo que você não aparece.

— Estou de volta agora. — Ele lhe entrega o chocolate.

— Vou buscá-la para você.

Ele a observa caminhar na direção do prédio da administração e falar com uma oficial da SS do lado de fora. Então, ele entra no bloco e se senta, esperando Gita sair pela porta. Não precisa esperar muito até ela aparecer. Ela fecha a porta e caminha na direção dele. Ele está em pé, encostado na coluna do beliche. Fica com medo de ter dificuldades em dizer as palavras de que precisa. Estampa no rosto a máscara do autocontrole.

— Fazer amor quando e onde quisermos. Talvez não estejamos livres, mas eu escolho agora e escolho aqui. O que me diz?

Ela se joga nos braços dele, enchendo o seu rosto de beijos. Quando começam a se despir, Lale para e segura as mãos de Gita.

— Você me perguntou se eu lhe diria aonde fui quando desapareci, e eu disse que não, lembra?

— Lembro.

— Bem, eu ainda não quero falar disso, mas tem algo que não posso esconder de você. Agora, não é para você ficar assustada, eu estou muito bem, mas levei uma surra.

— Me mostre.

Lale tira a camisa e vira-se de costas para ela. Ela não diz nada, mas corre os dedos com muita suavidade sobre os vergões em suas costas. Seus lábios seguem, e ele sabe que não há nada mais que precise ser dito. Fazem amor com vagar e delicadeza. Ele sente os olhos rasos d'água e segura as lágrimas. É o amor mais profundo que ele já sentiu.

22

Lale passa dias longos e quentes de verão com Gita, ou pensando nela. Mas a carga de trabalho deles não diminuiu; pelo contrário: milhares de judeus húngaros estão agora chegando a Auschwitz ou a Birkenau toda semana. Assim, nos campos dos homens e das mulheres sempre deflagra uma inquietação. Lale já entende por quê. Quanto mais alto é o número no braço de uma pessoa, menos respeito ela recebe dos outros. Sempre que pessoas de outra nacionalidade chegam em grande número, conflitos por território acontecem. Gita contou a ele sobre o campo das mulheres. As moças eslovacas, que estão ali há mais tempo, se ressentem das húngaras, que se recusam a aceitar que não têm direitos às mesmas pequenas vantagens pelas quais as eslovacas tiveram que se esforçar para negociar. Ela e suas amigas acham que sobreviver ao que sobreviveram deveria render-lhes algo. Por exemplo, elas conseguiram roupas casuais do Canadá. Nada mais de pijamas listrados de azul e branco. E não estão preparadas para dividir essas roupas. Os oficiais da SS não defendem um lado quando as brigas acontecem; todos os envolvidos são punidos com a mesma falta de misericórdia: não recebem as parcas porções de comida; podem ser açoitados, às vezes levam um só golpe com o cabo do fuzil ou com o cassetete, às vezes são espancados com brutalidade, e seus colegas prisioneiros são obrigados a olhar.

Gita e Dana se mantêm afastadas dessas brigas. Gita já tem problemas que bastam lidando com a inveja das outras por seu trabalho no prédio da administração, por sua amizade com Cilka, que aparentemente é protegida e, claro, pelas visitas de seu namorado, o *Tätowierer*.

Lale, na maior parte do tempo, não sofre com esses conflitos de campos. Por trabalhar com Leon e com apenas alguns prisioneiros e com a SS, ele não participa da penúria de milhares de homens famintos que devem trabalhar, lutar, viver e morrer juntos. Por viver entre os romanis, ele também tem uma sensação de segurança e de pertencimento. Percebe que estabeleceu um padrão de vida que é confortável em relação às condições da maioria. Trabalha quando é necessário, passa todo o tempo que consegue com Gita, brinca com as crianças romanis, conversa com os pais delas – a maioria, homens mais jovens, mas também mulheres mais velhas. Ele adora ver que eles cuidam de todos, não só de sua família biológica. Lale não se dá muito bem com os homens mais velhos, que, na maior parte do dia, ficam sentados e não interagem com as crianças, com os jovens adultos e nem com as mulheres mais velhas. Quando olha para eles, ele costuma pensar no próprio pai.

Numa noite, Lale foi despertado com oficiais da SS aos berros, cães latindo, mulheres e crianças gritando. Ele abre a porta e olha para fora. Vê homens, mulheres e crianças de seu bloco sendo levados à força. Ele observa até a última mulher, segurando um bebê de colo, ser jogada para fora com violência. Ele segue todos eles e fica parado, assustado, enquanto ao seu redor todos os outros blocos ciganos são esvaziados. Milhares de pessoas estão sendo levadas para caminhões próximos. O complexo está iluminado e dezenas de oficiais da SS e seus cachorros estão encurralando a multidão, atirando naqueles que não reagem imediatamente à instrução: "Entre no caminhão!".

Lale para um oficial que está passando e que ele reconhece.

— Para onde vocês os estão levando? — pergunta ele.

— Quer ir com eles, *Tätowierer*? — responde o homem, e se afasta.

Lale se funde às sombras, observando a multidão. Ele vê Nadya e corre até ela.

— Nadya — diz ele —, não vá.

Ela força um sorriso corajoso.

— Não tenho escolha, Lale. Vou aonde o meu povo vai. Adeus, meu amigo, foi... — Um oficial a leva antes que ela possa terminar.

Lale permanece paralisado, observando até a última pessoa ser enfiada dentro dos caminhões. Os veículos partem e devagar ele retorna ao bloco assustadoramente silencioso. Ele volta para a cama. O sono não vem.

Pela manhã, Lale, aflito, se une a Leon e eles trabalham com impetuosidade conforme novos transportes chegam.

Mengele está observando as filas silenciosas, caminhando lentamente em direção à estação dos tatuadores. As mãos de Leon tremem quando ele se aproxima. Lale tenta lançar a ele um olhar de consolo. Mas o idiota que o mutilou está a poucos metros. Mengele para e os observa atuando. Às vezes, ele olha uma tatuagem com atenção, aumentando a agitação de Lale e de Leon. Seu sorriso mortal não sai de seu rosto. Ele procura estabelecer contato visual com Lale, que não ergue os olhos acima do nível do braço que está tatuando.

— *Tätowierer, Tätowierer* — diz Mengele, apoiando-se sobre a mesa —, talvez hoje eu leve você. — Ele inclina a cabeça, com curiosidade, aparentemente se divertindo com o desconforto de Lale. Em seguida, depois de se divertir, ele se afasta.

Algo leve pousa na cabeça de Lale e ele olha para a frente. Cinzas saem do crematório próximo dali. Ele começa a tremer e solta a agulha de tatuagem. Leon tenta acalmá-lo.

— Lale, o que foi? O que aconteceu?

O grito de Lale é abafado por um soluço.

— Seus desgraçados! Malditos desgraçados!

Leon segura o braço de Lale, tentando fazer com que ele se controle enquanto Mengele olha para ele e começa a se aproximar. Lale está vermelho de raiva. Fora de controle. *Nadya*. Desesperadamente, ele tenta se controlar quando Mengele chega. Ele sente vontade de vomitar.

A respiração de Mengele está em seu rosto.

— Está tudo bem aqui?

— Sim, *Herr Doktor*, está tudo bem — responde Leon, agitado. Leon se abaixa e pega a agulha de Lale.

— Só uma agulha quebrada. Vamos consertá-la e voltar ao trabalho — continua Leon.

— Você não parece estar muito bem, *Tätowierer*. Quer que eu te examine? — pergunta Mengele.

— Estou bem, foi só a agulha que quebrou — Lale tosse. Ele mantém a cabeça baixa, se vira e tenta voltar ao trabalho.

— *Tätowierer*! — vocifera Mengele.

Lale se vira para Mengele de novo, com a mandíbula travada, a cabeça ainda abaixada. Mengele tirou a pistola do coldre. Ele a mantém ao lado do corpo, sem muita firmeza.

— Eu poderia atirar em você por dar as costas para mim. — Ele ergue a arma, apontando-a para a testa de Lale. — Olhe para mim. Eu poderia atirar em você agora. O que me diz sobre isso?

Lale ergue a cabeça, mas olha para a testa do médico, recusando--se a olhar em seus olhos.

— Sim, *Herr Doktor*. Sinto muito, não vai acontecer de novo, *Herr Doktor* — murmura ele.

— Volte ao trabalho. Você está atrapalhando as coisas — grita Mengele, e de novo se afasta.

Lale olha para Leon e aponta as cinzas que agora caem ao redor deles.

— Eles esvaziaram o campo cigano ontem à noite.

Leon entrega a Lale sua agulha de tatuagem antes de voltar ao trabalho, em silêncio. Lale olha para a frente, procurando o sol para iluminá-lo. Mas o sol está escondido pelas cinzas e pela fumaça.

Naquela noite, ele volta ao seu bloco, que agora está ocupado pelas pessoas que ele e Leon marcaram mais cedo. Ele se fecha em seu quarto. Não quer fazer amizades. Não naquela noite. Nem nunca. Só quer o silêncio em seu bloco.

23

Por semanas, Lale e Gita passam tempo juntos em silêncio enquanto ela tenta em vão consolá-lo. Ele contou a ela o que acontecera e, embora ela entenda seu sofrimento, não compartilha dele no mesmo nível. Não é sua culpa que ela nunca vá conhecer a "outra família" de Lale. Deliciava-se ouvindo suas histórias de infância e tentativas de brincar sem brinquedos, chutando bolas feitas de neve ou entulho, vendo quem conseguia pular mais alto e tocar as ripas de madeira do prédio, em geral apenas brincando de pega-pega. Ela tenta falar com ele sobre sua família biológica, mas Lale se tornou teimoso e se recusa a dizer qualquer coisa até que ela compartilhe informações sobre sua vida. Gita não sabe como quebrar o encanto da dor de Lale. Os dois resistiram, por mais de dois anos e meio, ao pior da humanidade. Mas é a primeira vez que ela vê Lale mergulhar tão fundo na depressão.

— E nossa gente, milhares de pessoas? — grita com ele um dia. — E o que você viu em Auschwitz, com Mengele? Sabe quantas pessoas passaram por esses dois campos? *Sabe?* — Lale não responde. — Eu vejo os cartões com nome e idade... bebês, avós... eu vejo nomes e números. Nem consigo contar de tão altos que são os números.

Lale não precisa de Gita lembrando-o do número de pessoas que passaram pelos campos. Ele havia marcado a pele delas. Olha para ela; ela está olhando para o chão. Percebe que, embora para ele fossem apenas números, para Gita eles eram nomes. Seu trabalho fazia com que ela soubesse mais sobre essas pessoas do que ele. Ela sabe nomes e idades, e ele percebe que esse conhecimento a assombrará para sempre.

— Desculpe, você tem razão — diz ele. — Qualquer morte é demais. Vou tentar não ficar tão deprimido.

— Quero que você seja você mesmo comigo, mas isso vem acontecendo há tempo demais, Lale, e um dia é muito tempo para nós.

— Espertos e lindos. Nunca vou me esquecer deles, sabe?

— Não poderia te amar se esquecesse. Eram sua família, eu sei disso. Sei que para mim é estranho falar isso, mas você vai honrá-los ao permanecer vivo, sobrevivendo a este lugar e contando ao mundo o que aconteceu aqui.

Lale inclina-se para beijá-la, seu coração carregado de amor e tristeza.

Uma explosão imensa ressoa, sacudindo o chão embaixo deles. Do local onde estão, atrás do bloco da administração, eles ficam em pé em um salto e correm para a frente do prédio. Uma segunda explosão faz com que eles olhem na direção do crematório mais próximo, de onde a fumaça sobe e um pandemônio irrompe. Os trabalhadores do *Sonderkommando* estão saindo do prédio, a maioria deles na direção da cerca que circunda o campo. Tiros vêm do alto do crematório. Lale olha para cima e vê o *Sonderkommando* lá em cima, atirando loucamente. Os SS atiram com metralhadoras em retaliação. Dentro de minutos, eles dão um fim ao tiroteio.

— O que está acontecendo? — pergunta Gita.

— Não sei. Precisamos entrar.

As balas acertam o chão ao redor deles enquanto os SS miram em qualquer pessoa que avistam. Lale puxa Gita com tudo para se recostar contra um prédio. Outra explosão alta.

— É o Crematório Quatro... alguém o está explodindo. Temos que sair daqui.

Prisioneiros saem correndo do prédio da administração e são alvejados.

— Preciso levar você de volta a seu bloco. É o único lugar onde estará a salvo.

Um anúncio nos alto-falantes: "Todos os prisioneiros, voltem a seus blocos. Vocês não serão alvejados se forem agora".

— Vá, rápido.

— Estou assustada, me leve com você — ela grita.

— Vai ficar mais segura em seu bloco hoje à noite. Eles terão que fazer uma chamada. Você não vai querer ser pega fora de seu bloco, meu amor.

Ela hesita.

— Vá agora. Fique no seu bloco hoje à noite e vá para o trabalho normalmente amanhã. Não deve lhes dar nenhum motivo para procurá-la. Precisa acordar amanhã.

Ela respira fundo e se vira para correr.

Na partida, Lale diz:

— Encontro com você amanhã. Eu te amo.

Naquela noite, Lale rompe sua regra e se junta aos homens, na maioria húngaros, em seu bloco para descobrir o que pode sobre os eventos da tarde. Parece que algumas das mulheres que trabalham em uma fábrica de munição próxima tinham trazido pequenas quantidades de pólvora às escondidas para Birkenau por baixo das unhas. Elas levaram tudo para o *Sonderkommando*, que fez granadas rudimentares com latas de sardinha. Também estavam armazenando armas, inclusive pequenas pistolas, facas e machados.

Os homens no bloco de Lale também lhe contaram de rumores sobre um levante geral ao qual eles queriam se juntar, mas não acreditavam que aconteceria naquele dia. Ouviram que os russos estão avançando, e o levante estava planejado para coincidir com sua chegada para ajudá-los a libertar o campo. Lale repreende a si mesmo por não ter feito amizade antes com seus companheiros de bloco. Não ter esse conhecimento quase matou Gita. Ele questiona os homens longamente sobre o que sabem dos russos e para quando é prevista a sua chegada. As respostas são vagas, mas suficientes para provocar um leve otimismo.

Meses se passaram desde que o avião americano sobrevoou o campo. Os transportes continuaram a chegar. Lale não viu nenhuma redução na dedicação da máquina nazista para extermínio de judeus e outros grupos. Ainda assim, as últimas chegadas têm uma ligação mais recente com o mundo exterior. *Talvez a libertação esteja chegando.* Ele está determinado a contar a Gita o que soube e pedir para que ela fique atenta no escritório para coletar quaisquer informações que puder.

Por fim, um lampejo de esperança.

24

O outono é extremamente rigoroso. Muitos não sobrevivem. Lale e Gita se agarram à pouca esperança que ainda têm. Gita conta a suas amigas de bloco a respeito dos rumores acerca dos russos e as incentiva a acreditar que podem sobreviver a Auschwitz. Quando 1945 começa, a temperatura cai ainda mais. Gita não consegue impedir que o desânimo a domine. Casacos quentes do Canadá não conseguem afastar o frio e o medo de mais um ano dentro do mundo esquecido de Auschwitz-Birkenau. Os carregamentos se tornam mais escassos. Isso tem um efeito ruim nos prisioneiros que trabalham para a SS, especialmente o *Sonderkommando*. Ter menos trabalho a fazer os coloca sob risco de execução. Quanto a Lale, ele conseguiu certas reservas, mas seu suprimento de riquezas diminuiu. E os moradores da região, incluindo Victor e Yuri, não estão mais indo trabalhar. A construção foi interrompida. Lale tem ouvido notícias promissoras de que dois dos crematórios prejudicados nas explosões causadas pelos resistentes não serão consertados. Pela primeira vez, até onde Lale se lembra, mais pessoas estão deixando Birkenau do que entrando. Gita e suas colegas de trabalho se revezam registrando aqueles que estão sendo enviados para fora, supostamente para outros campos de concentração.

A neve se acumula no chão em um dia no fim de janeiro quando Lale fica sabendo que Leon "se foi". Ele pergunta a Baretski, enquanto caminham juntos, se ele sabe para onde Leon foi. Baretski não responde, e alerta Lale que ele também pode acabar dentro de um transporte para ser levado de Birkenau. Mas Lale ainda consegue fazer suas coisas quase sem ser observado, sem ter que responder à chamada toda manhã e toda noite. Ele espera que isso o mantenha no campo, mas não tem a mesma confiança de que Gita ficará. Baretski dá sua risada insidiosa. A notícia a respeito da provável morte de Leon bate fundo e desperta uma dor que Lale não sabia que ainda sentia.

— Você vê seu mundo refletido em um espelho, mas eu tenho outro espelho — diz Lale.

Baretski para. Ele olha para Lale, e Lale segura o olhar.

— Eu olho no meu — diz Lale — e vejo um mundo que vai derrubar o seu.

Baretski sorri.

— E você acha que vai viver para ver isso acontecer?

— Sim, acho.

Baretski leva a mão à pistola no coldre.

— Eu poderia estilhaçar seu espelho agora.

— Não vai fazer isso.

— Você está aqui fora no frio há muito tempo, *Tätowierer*. Vá se aquecer e retomar o juízo. — Baretski se afasta.

Lale o observa partindo. Sabe que se eles se encontrassem em uma noite escura, em condições de igualdade, quem se afastaria seria Lale. Não teria receio algum em acabar com a vida daquele homem. Teria a palavra final.

Numa manhã no fim de janeiro, Gita cambaleia pela neve em direção a Lale, correndo até o bloco dele, a um lugar que ele já disse para ela não se aproximar nunca mais.

— Alguma coisa está acontecendo — grita ela.

— Como assim?

— Os oficiais da SS... eles estão agindo de modo esquisito. Parecem estar em pânico.

— Onde está a Dana? — pergunta Lale, preocupado.

— Não sei.

— Encontre-a, vá para seu bloco e fique lá até eu te chamar.

— Quero ficar com você.

Lale a afasta dele, segurando-a à frente do corpo.

— Depressa, Gita, encontre a Dana e vá para seu bloco. Vou até você assim que puder. Preciso descobrir o que está acontecendo. Há semanas não chega ninguém novo. Pode ser o começo do fim.

Ela se vira e se afasta de Lale com relutância.

Ele chega ao prédio da administração e cuidadosamente entra no escritório, um lugar tão familiar para ele, onde passou anos obtendo suprimentos e recebendo instruções. Do lado de dentro, o caos se instalou. Os oficiais da SS estão gritando com trabalhadores assustados, que se encolhem em suas mesas enquanto os oficiais pegam livros, cartões e a papelada deles. Uma oficial da SS passa correndo por Lale, com as mãos cheias de papéis e de livros de registro. Ele tromba com ela e ela derruba o que está carregando.

— Desculpe-me. Vou te ajudar.

Os dois se abaixam para pegar os papéis.

— Você está bem? — pergunta ele do modo mais gentil que consegue.

— Acho que você perdeu sua função, *Tätowierer*.

— Por quê? O que está acontecendo?

Ela se inclina para Lale, sussurrando.

— Vamos esvaziar o campo, a partir de amanhã.

O coração de Lale se acelera.

— O que você pode me contar? Por favor.

— Os russos, eles estão quase aqui.

Lale corre do prédio até o campo das mulheres. A porta do Bloco 29 está fechada. Ninguém faz guarda do lado de fora. Ao entrar, Lale encontra as mulheres unidas no fundo. Até mesmo Cilka está ali. Elas se reúnem ao redor dele, assustadas e cheias de perguntas.

— Só posso dizer que os oficiais da SS parecem estar destruindo registros — diz Lale. — Um deles me disse que os russos estão próximos.

Ele guarda para si a notícia de que o campo vai ser esvaziado no dia seguinte porque não quer causar mais medo admitindo que não sabe para onde eles vão.

— O que você acha que a SS vai fazer conosco? — pergunta Dana.

— Não sei. Vamos torcer para que eles fujam e deixem os russos libertarem o campo. Vou tentar descobrir mais. Vou voltar e contar o que ficar sabendo. Não saia do bloco. Pode ser que haja algum guarda que gosta de atirar ali fora.

Ele segura Dana pelas duas mãos.

— Dana, não sei o que vai acontecer, mas, enquanto tenho a chance, quero dizer que sempre serei grato a você por ser amiga de Gita. Sei que você a ajudou a seguir em frente muitas vezes em que ela quis desistir.

Eles se abraçam. Lale a beija na testa e a entrega a Gita. Ele se vira para Cilka e para Ivana e as envolve em um abraço.

Para Cilka, ele diz:

— Você é a pessoa mais corajosa que já vi. Não deve carregar culpa pelo que aconteceu aqui. Você é inocente — lembre-se disso.

Em meio a soluços, ela responde:

— Fiz o que tive que fazer para sobreviver. Se não tivesse feito, outra pessoa teria sofrido nas mãos daquele porco.

— Devo minha vida a você, Cilka, e nunca vou me esquecer disso.

Ele se vira para Gita.

— Não diga nada — diz ela. — Não ouse dizer nada.

— Gita...

— Não. Você não pode me dizer nada além de que vai me ver amanhã. É só o que quero ouvir de você.

Lale olha para aquelas jovens e percebe que não há mais nada a dizer. Elas foram levadas ao campo como meninas, e agora – ainda que nenhuma tenha chegado aos vinte e um – estão afetadas, prejudicadas. Ele sabe que elas nunca se tornarão as mulheres que deveriam ser. O futuro delas descarrilou e não haverá como voltar para os mesmos trilhos. A visão que elas já tiveram de si mesmas, como filhas, irmãs, esposas e mães, trabalhadoras, viajantes e namoradas, para sempre será marcada pelo que elas testemunharam e passaram.

Ele as deixa para procurar Baretski e informações a respeito do que o próximo dia trará. O oficial não está em nenhum lugar. Lale volta para seu bloco, onde encontra os húngaros ansiosos e preocupados. Ele conta a eles o que sabe, mas não os consola muito.

À noite, os oficiais da SS entram em todos os blocos do campo das mulheres e pintam uma faixa vermelha nas costas do casaco de cada garota. Mais uma vez, as mulheres são marcadas para o destino que as espera. Gita, Dana, Cilka e Ivana se confortam por todas terem sido marcadas da mesma forma. Independentemente do que acontecer amanhã, acontecerá com todas elas – juntas, elas vão viver ou morrer.

Um tempo depois, durante a noite, Lale por fim adormece. Ele é acordado por uma grande agitação. Demora alguns minutos para que os barulhos penetrem seu cérebro grogue. Ele se lembra da noite em que os romanis foram levados. *O que é esse novo horror?* O som dos tiros de fuzil o desperta. Calçando os sapatos e envolvendo seus ombros com um cobertor, ele sai cuidadosamente. Milhares de mulheres prisioneiras estão sendo organizadas em filas. Há uma confusão clara, como se nem os guardas nem os prisioneiros soubessem exatamente o que se espera. Os oficiais da SS não prestam atenção a Lale enquanto ele vai e vem depressa ao longo das fileiras de mulheres que se reúnem para se proteger do frio e com medo do que virá.

A neve não para de cair. Correr é impossível. Lale observa quando um cachorro pula nas pernas de uma das mulheres e a derruba. Uma amiga se abaixa para ajudá-la a se levantar, mas o oficial da SS que segura o cachorro pega a pistola e atira na mulher caída.

Lale continua correndo, analisando as fileiras, procurando, desesperado. Finalmente, ele a vê. Gita e suas amigas estão sendo empurradas em direção aos portões principais, unidas, mas não consegue ver Cilka entre elas, nem em nenhum outro lugar no mar de rostos. Ele volta a se concentrar em Gita. Ela está de cabeça baixa, e ele consegue perceber, pelo movimento de seus ombros, que ela está soluçando. *Enfim ela está chorando, mas não posso consolá-la*. Dana o vê. Ela empurra Gita em direção ao fim da fila e mostra Lale para ela. Gita, por fim, olha para a frente e o vê. Seus olhares se encontram, os olhos dela ficam marejados, os dele ficam cheios de pesar. Concentrado em Gita, Lale não vê o oficial da SS. Não consegue sair da frente do fuzil apontado para ele, que bate em seu rosto e o derruba de joelhos. Gita e Dana gritam e tentam forçar passagem pela fileira de mulheres. É inútil. Elas são levadas pela onda de corpos em movimento. Lale se esforça para ficar de pé, com o sangue escorrendo por seu rosto de um corte grande logo acima do olho direito. Agora desesperado, ele se joga na multidão que se move, à procura das mulheres assustadas em cada uma das fileiras. Quando se aproxima dos portões, ele a vê de novo – ao seu alcance. Um guarda para na frente dele e pressiona o cano do fuzil no peito de Lale.

— *Gita!* — grita ele.

O mundo de Lale está girando. Ele olha para o céu, que parece estar escurecendo conforme a manhã surge. Acima do barulho dos guardas gritando e dos cachorros latindo, ele a escuta.

— Furman. Meu nome é Gita Furman!

Caindo de joelhos na frente do guarda impassível, ele grita:

— Eu te amo.

Nada mais acontece. Lale permanece de joelhos. O guarda se afasta. Os gritos das mulheres param. Os cães deixam de latir.

Os portões de Birkenau são fechados.

Lale se mantém ajoelhado na neve, que continua caindo sem parar. O sangue do ferimento de sua testa cobre seu rosto. Ele está trancado do lado de dentro, sozinho. Fracassou. Um oficial se aproxima dele.

— Você vai morrer congelado. Vamos, volte para seu bloco.

Ele estende a mão e puxa Lale para cima. Um ato de gentileza do inimigo no último minuto.

* * *

Tiros de canhão e explosões acordam Lale na manhã seguinte. Ele corre para fora com os húngaros e é recebido por oficiais da SS em pânico, e também por uma confusão de prisioneiros e captores que estão se movimentando, aparentemente alheios uns aos outros.

Os portões principais estão totalmente abertos.

Centenas de prisioneiros passam, sem resistência. Atordoados, fracos devido à subnutrição, alguns passam tropeçando e decidem voltar a seu bloco para fugir do frio. Lale sai pelos portões pelos quais passou centenas de vezes antes a caminho de Auschwitz. Um trem está ali perto, soltando fumaça em direção ao céu, pronto para partir. Guardas e cães começam a cercar homens e a empurrá-los na direção do trem. Lale fica preso no tumulto e se vê embarcando. As portas de seu vagão são fechadas com força. Ele consegue ir para o canto e espia lá fora. Centenas de prisioneiros ainda vagam sem rumo. Quando o trem parte, ele vê oficiais da SS abrindo fogo contra os que ficaram.

Ele permanece ali, olhando entre as barras do vagão, em meio à neve que cai pesada, impiedosa, enquanto Birkenau desaparece.

25

Gita e suas amigas estão na marcha de Birkenau a Auschwitz com milhares de outras mulheres, caminhando penosamente por uma trilha estreita com neve até o tornozelo. Por mais cuidado que tenham, Gita e Dana observam as fileiras, conscientes de que qualquer desvio é resolvido com uma bala. Perguntam uma centena de vezes: "Você viu Cilka? Você viu Ivana?". A resposta é sempre a mesma. As mulheres tentam apoiar-se, dando o braço uma para a outra. São paradas em períodos aparentemente aleatórios e dizem que é para que descansem. Apesar do frio, elas se sentam na neve, qualquer coisa para aliviar um pouco os pés. Muitas permanecem lá quando a ordem de se mover chega, mortas ou agonizantes, incapazes de dar mais um passo.

O dia vira noite, e elas ainda marcham. Elas diminuem em quantidade, o que dificulta ainda mais escapar do olho vigilante dos SS. Durante a noite, Dana cai de joelhos. Não consegue mais avançar. Gita para com ela e, por um instante, elas passam despercebidas, escondidas por outras mulheres. Dana insiste para a amiga continuar, deixá-la para trás. Gita protesta. Preferiria morrer ali com sua amiga, em um campo, em algum lugar da Polônia. Quatro jovens se oferecem para ajudar a carregar Dana. Dana não dá ouvidos. Diz a elas para pegarem a amiga e irem embora. Quando um oficial da SS avança na direção delas, as quatro garotas põem Gita em pé e a arrastam. Ela olha para o oficial, que parou ao lado de Dana, mas avança sem sacar a pistola. Nenhum tiro ressoa. Claramente ele acha que ela já está morta. As garotas continuam a arrastar Gita. Não a soltam enquanto ela tenta se livrar e voltar até Dana.

Em meio à escuridão, as mulheres tropeçam, o som de tiros aleatórios mal são ouvidos agora. Elas não se viram mais para ver quem caiu.

Quando nasce o dia, elas são paradas em um campo ao lado de uma ferrovia. Uma locomotiva e vários vagões de gado estão à espera. *Eles me trouxeram aqui. Agora, vão me levar embora*, pensa Gita.

Ela soube que as quatro garotas com quem está viajando agora são polonesas, e não judias. Garotas polonesas tiradas de suas famílias por motivos que elas não imaginam. Vêm de diferentes cidades e não se conheciam antes de Birkenau.

Do outro lado do campo há uma casa solitária. Atrás dela, uma densa floresta se espalha. Os SS berram ordens enquanto a locomotiva é abastecida com carvão. As garotas polonesas viram-se para Gita. Uma delas diz:

— Vamos correr até aquela casa. Se formos alvejadas, morreremos aqui, mas não vamos a nenhum outro lugar. Quer vir conosco?

Gita levanta-se.

Enquanto correm, as garotas não olham para trás. O ato de carregar milhares de mulheres exaustas nos trens exige toda a atenção dos guardas. A porta da casa abre-se antes de elas chegarem. Lá dentro, elas despencam na frente de uma lareira barulhenta, a adrenalina e o alívio tomando seus corpos. Bebidas quentes são colocadas em suas mãos junto com um pedaço de pão. As garotas polonesas falam freneticamente com os donos da casa, que balançam a cabeça, descrentes. Gita não diz nada, pois não quer que seu sotaque entregue que ela não é polonesa. É melhor que seus salvadores pensem que ela é uma delas – a quieta. O homem da casa diz que não pode ficar com elas, pois os alemães vasculham os lugares com frequência. Diz a elas para tirarem os casacos. Ele os leva para os fundos da casa. Quando volta, as faixas vermelhas de tinta tinham sumido e os casacos estão cheirando gasolina.

Lá fora, ouvem repetidos tiros e, ao espreitarem pelas cortinas, observam como todas as sobreviventes finalmente são enfiadas no trem. Corpos cobrem a neve ao lado dos trilhos. O homem dá às garotas o endereço de um parente em um vilarejo próximo, bem como um suprimento de pão e um cobertor. Elas saem da casa e entram na floresta, onde passam a noite no chão congelante, enrodilhadas e juntas em uma tentativa vã de permanecerem aquecidas. As árvores nuas oferecem pouca proteção, tanto em visibilidade quanto pelas intempéries.

Quando chegam ao próximo vilarejo já é fim de tarde. O sol já se pôs, e as fracas lamparinas dos postes lançam pouca luz. São forçadas a pedir ajuda a uma transeunte para encontrar o endereço que elas receberam. A mulher gentil leva-as até a casa que estão procurando e fica com elas enquanto batem à porta.

— Cuide delas — diz a mulher quando a porta se abre, e se afasta.

Uma mulher abre caminho para as garotas entrarem em sua casa. Assim que a porta se fecha, elas explicam quem as enviou até ali.

— Vocês sabem quem era aquela lá? — gagueja a mulher.

— Não — uma das garotas responde.

— É uma SS. Uma oficial sênior da SS.

— Acha que ela sabe quem somos?

— Ela não é idiota. Ouvi histórias sobre ela ser uma das pessoas mais cruéis nos campos de concentração.

Uma senhora sai da cozinha.

— Mãe, temos visitas. Essas pobrezinhas estavam em um dos campos. Precisamos lhes dar algo quente para comer.

A senhora faz um alarde com as garotas, levando-as para a cozinha, sentando-as à mesa. Gita não consegue se lembrar da última vez em que havia se sentado em uma cadeira à mesa de uma cozinha. De um fogão, a senhora serve conchas de sopa quente para elas e as enche de perguntas. As proprietárias concluem que não é seguro para elas ficarem ali. Têm medo de que a oficial da SS denuncie a presença das garotas.

A mulher mais velha pede licença e sai de casa. Pouco tempo depois, ela volta com uma vizinha, cuja casa tem um espaço embaixo do telhado e um porão. Está disposta a deixar as cinco dormirem no telhado. Com o aquecimento da lareira subindo, ficará mais quente que no porão. No entanto, elas não poderão ficar na casa durante o dia, pois toda casa pode ser revistada a qualquer momento pelos alemães, embora eles pareçam estar recuando.

Gita e suas quatro amigas polonesas dormem no espaço do telhado a cada noite e passam os dias escondidas na floresta próxima. A notícia espalha-se pelo vilarejo, e o padre local faz seus paroquianos levarem comida à dona da casa todos os dias. Depois de algumas semanas, os alemães que restaram são expulsos pelos soldados russos que avançam, vários deles alojados na propriedade que fica à frente da casa onde Gita e suas amigas dormem. Numa manhã, as garotas se atrasam para sair para a floresta e são paradas por um russo que fica de guarda do lado de fora do imóvel. Elas lhe mostram as tatuagens e tentam explicar onde estavam e por que estão ali naquele momento. Compassivo com a situação delas, ele se oferece para montar guarda diante da casa. Significa que elas não precisarão mais passar os dias na floresta. Não é mais um segredo onde vivem, e elas recebem um sorriso e um aceno dos soldados quando vêm e vão.

Um dia, um dos soldados faz uma pergunta direta a Gita, e, quando ela responde, ele reconhece imediatamente que ela não é polonesa. Ela lhe diz que é da Eslováquia. Naquela noite, ele bate à porta e apresenta um jovem vestido com um uniforme russo, mas que na verdade é da Eslováquia. Os dois passam a noite conversando.

As garotas estavam se arriscando ao ficar ao lado da lareira até mais tarde. Há um certo nível de complacência. Uma noite, são pegas de surpresa quando a porta da frente se abre com tudo e um russo bêbado entra cambaleando. As garotas conseguiram ver seu "guarda" caído inconsciente do lado de fora. Acenando com uma pistola, o intruso escolhe uma das garotas e tenta arrancar suas roupas. Ao mesmo tempo, ele abaixa as calças. Gita e as outras gritam. Vários soldados russos entram logo na sala. Vendo o camarada em cima de uma das garotas, um deles saca a pistola e atira na cabeça dele. Ele e seus campanheiros arrastam o aspirante a estuprador da casa, pedindo desculpas em profusão.

Traumatizadas, as garotas concluem que precisam ir embora. Uma delas tinha uma irmã morando em Cracóvia. Talvez ainda estivesse lá. Como um pedido reiterado de desculpas pelo ataque da noite anterior, um soldado russo sênior arranja um motorista e um pequeno caminhão para levá-las até Cracóvia.

Encontram a irmã ainda vivendo em seu pequeno apartamento sobre uma mercearia. O local está cheio de pessoas, amigos que fugiram da cidade e agora estão voltando, sem teto. Ninguém tem dinheiro. Para sobreviver, visitam um mercado a cada dia e roubam um item de alimentação. Fazem a refeição noturna a partir desses furtos.

Um dia, no mercado, os ouvidos de Gita coçam ao som de sua língua-mãe sendo falada por um caminhoneiro que está descarregando mercadorias frescas. Ela fica sabendo por ele que vários caminhões viajam toda semana de Bratislava para Cracóvia para levar frutas e verduras frescas. Ele aceita seu pedido de viajar de volta com eles. Ela volta e diz às pessoas com quem estava vivendo que partiria. Dizer adeus às quatro amigas com quem ela escapou é muito difícil. Vão com ela até o mercado e acenam seu adeus enquanto o caminhão que leva Gita e dois de seus conterrâneos parte na direção de uma série de incógnitas. Muito tempo antes ela havia aceitado que seus pais e as duas irmãs mais novas estavam mortos, mas reza para que ao menos um dos irmãos tenha sobrevivido. Talvez sua transformação em guerrilheiros com os russos os tenha mantido em segurança.

Em Bratislava, bem como na Cracóvia, Gita se junta a outros sobreviventes dos campos em apartamentos compartilhados, lotados. Registra seu nome e endereço na Cruz Vermelha, pois lhe disseram que todos os prisioneiros que voltam estão fazendo isso na esperança de poderem encontrar parentes e amigos perdidos.

Numa tarde, ela está olhando pela janela do apartamento e vê dois jovens soldados russos saltando sobre uma cerca nos fundos da propriedade onde ela mora. Fica aterrorizada, mas, quando chegam mais perto, ela reconhece os dois irmãos, Doddo e Latslo. Descendo as escadas em disparada, ela abre a porta com tudo e os abraça com toda a força. Eles não ousam ficar, dizem a ela. Embora os russos tivessem liberado a cidade dos alemães, os habitantes dali suspeitam de qualquer um usando um uniforme russo. Sem querer estragar a delícia breve do encontro, Gita esconde o que sabe sobre o resto da família. Logo eles vão descobrir, e isso não é algo a ser falado em alguns minutos fugidios.

Antes de se separarem, Gita lhes conta como ela também usou um uniforme russo: foi a primeira roupa que recebeu na chegada a Auschwitz. Ela diz que ficava melhor nela do que neles, e todos riram.

26

O trem de Lale atravessa o campo. Ele se inclina na parede do vagão, mexendo nos dois sacos presos no interior de suas calças, dentro dos quais estão as pedras preciosas que ele arriscou levar consigo. A maioria delas ele deixou embaixo do colchão. Quem vasculhasse seu quarto poderia ficar com elas.

Mais tarde naquela noite, o trem para e os oficiais da SS munidos de fuzis mandam todo mundo sair, assim como tinham feito quase três anos atrás em Birkenau. Outro campo de concentração. Um dos homens do vagão de Lale desce com ele.

— Conheço este lugar. Já estive aqui antes.

— É mesmo? — pergunta Lale.

— Mauthausen, na Áustria. Não tão terrível quando Birkenau, mas quase.

— Sou Lale.

— Joseph, prazer em te conhecer.

Quando os homens desembarcam, os oficiais da SS passam por eles, dizendo-lhes para seguir em frente e encontrar um lugar para dormir. Lale acompanha Joseph para dentro de um bloco. Os homens ali estão passando fome – esqueletos cobertos por pele –, mas, ainda assim, têm vida suficiente para ser territoriais.

— Suma, não tem espaço aqui.

Um homem por cama, cada um toma seu espaço e parece pronto para lutar para defendê-lo. Mais dois blocos dão a mesma resposta. Finalmente, eles encontram um lugar com espaço e o assumem.

Conforme outros entram no bloco, procurando um espaço para dormir, eles gritam o cumprimento normal:

— Saia, estamos cheios aqui.

Na manhã seguinte, Lale vê homens dos blocos perto dele formando fila. Ele percebe que será revistado e terá que dar informação a respeito de quem é e de onde veio. De novo. Do saco de pedras preciosas, ele tira os três maiores diamantes e os coloca na boca. Ele corre até o fim do bloco enquanto os outros homens ainda estão se reunindo e espalha as outras pedras ali. A inspeção da fila de homens nus começa. Ele observa os guardas abrindo à força a boca das pessoas à sua frente, por isso ele rola os diamantes para baixo da língua. Ele abre a boca antes mesmo de o grupo de inspeção alcançá-lo. Depois de uma olhada rápida, eles seguem em frente.

Durante várias semanas, Lale, junto aos outros prisioneiros, fica sentado sem fazer praticamente nada. O que ele pode fazer é quase só observar, sobretudo os oficiais da SS que os guardam, e ele tenta decidir quem pode ser abordado e quem deve ser evitado. Começa a conversar com eles, de vez em quando. O guarda fica impressionado por Lale falar alemão fluente. Ele já ouviu falar de Auschwitz e Birkenau, não foi para lá, quer ter informações. Lale pinta uma imagem retirada da realidade. Não vai ganhar nada contando a esse alemão sobre a natureza real do tratamento aos prisioneiros. Ele conta o que fazia lá e que preferia trabalhar a ficar parado. Alguns dias depois, o guarda pergunta se ele gostaria de se mudar para um subcampo de Mauthausen, no Saurer Werke, em Viena. Pensando que as coisas não podem ficar piores do que estavam ali, e com o guarda garantindo que as condições são um pouco melhores e que o comandante é velho demais para se importar, Lale aceita a oferta. O guarda diz que esse campo não aceita judeus, então ele deve se calar a respeito de sua religião.

No dia seguinte, o guarda diz a Lale:

— Pegue suas coisas. Você vai embora daqui.

Lale olha ao redor.

— Peguei.

— Você vai embora de caminhão em cerca de uma hora. Entre na fila perto do portão. Seu nome está na lista — diz ele, rindo.

— Meu nome?

— Sim, você precisa manter escondido o braço com o número, está bem?

— Eu vou responder pelo meu nome?

— Sim, não se esqueça. Boa sorte.

— Antes de ir, gostaria de te dar uma coisa.

O guarda parece perplexo.

Da boca, Lale tira um diamante, seca em sua camisa e o entrega a ele.

— Agora você não pode dizer que nunca ganhou nada de um judeu.

Viena. Quem não gostaria de ir a Viena? Era um destino dos sonhos para Lale em seus dias de *playboy*. A própria palavra parece romântica, cheia de estilo e possibilidade. Mas ele sabe que agora não vai satisfazer essa percepção.

Os guardas são indiferentes a Lale e aos outros que chegam. Eles encontram um bloco e recebem a informação de onde e quando podem pegar suas refeições. Lale só consegue pensar em Gita e em como chegar a ela. Ser jogado de um campo a outro — ele pode não suportar por muito tempo.

Durante vários dias, ele observa o ambiente ao seu redor. Ele vê o comandante do campo andando por ali e se pergunta como ainda pode estar respirando. Conversa de modo amistoso com os guardas e tenta entender a dinâmica entre os prisioneiros. Quando descobre que provavelmente é o único prisioneiro eslovaco ali, decide se calar. Poloneses, russos e alguns italianos se reúnem o dia todo para conversar com seus compatriotas, deixando Lale isolado na maior parte do tempo.

Um dia, dois jovens se aproximam dele.

— Disseram que você era o *Tätowierer* em Auschwitz.

— Quem disse?

— Alguém disse achar que te conhecia e que você tatuava os prisioneiros.

Lale segura a mão do homem e sobe sua manga. Não vê nenhum número. Ele se vira para o segundo homem.

— E você, esteve lá?

— Não, mas é verdade o que eles dizem?

— Eu era o *Tätowierer*, mas e daí?

— Nada, só para saber.

Os garotos se afastam. Lale volta para suas divagações. Não vê os oficiais da SS se aproximando, e estes o derrubam e o levam a um prédio próximo. Lale se vê de pé na frente do comandante velho, que meneia a cabeça a um dos oficiais da SS. O oficial ergue a manga de Lale, revelando seu número.

— Você estava em Auschwitz? — pergunta o comandante.

— Sim, senhor.

— Você era o *Tätowierer* lá?

— Sim, senhor.

— Então você é judeu?

— Não, senhor, sou católico.

O comandante ergue a sobrancelha.

— Ah, é? Não sabia que havia católicos em Auschwitz.

— Havia pessoas de todas as religiões ali, senhor, além de criminosos e políticos.

— Você é criminoso?

— Não, senhor.

— E não é judeu?

— Não, senhor. Sou católico.

— Você respondeu "não" duas vezes. Vou perguntar só mais uma vez. Você é judeu?

— Não, não sou. Olha, vou provar.

Em seguida, Lale desfaz o nó de sua calça, e esta cai no chão. Ele passa os dedos na parte de trás da cueca e começa a puxá-la para baixo.

— Pare. Não preciso ver. Certo, pode ir.

Puxando a calça para cima, tentando controlar a respiração, que ameaça entregá-lo, Lale sai correndo da sala. Em uma sala do lado de fora, ele para e se senta em uma cadeira.

O oficial que está atrás de uma mesa próxima olha para ele.

— Você está bem?

— Sim, estou bem, só um pouco zonzo. Sabe que dia é hoje?

— É 22, ah, não, espere, é 23 de abril. Por quê?

— Nada. Obrigado. Adeus.

Do lado de fora, Lale olha para os prisioneiros sentados preguiçosos e espalhados pelo complexo e para os guardas que parecem ainda mais preguiçosos. *Três anos. Vocês tomaram três anos da minha vida. Não tirarão nem um dia a mais.* No fundo dos blocos, Lale caminha ao longo da cerca, balançando-a, procurando um ponto fraco. Não demora muito para encontrar um. A cerca está solta na altura do chão e ele consegue puxá-la em sua direção. Sem se dar ao trabalho de ver se alguém estava observando, ele passa por baixo e se afasta com calma.

A floresta o protege de todos os patrulheiros alemães. Conforme ele avança, ouve o som de canhões e de tiros de fuzil. Não sabe se deve caminhar em direção a ele ou se deve ir para outro lado. Durante um breve cessar-fogo, ele ouve o correr de um córrego. Para chegar a ele, deve se aproximar dos tiros, mas sempre teve um bom senso de direção e aquela direção parece ser a certa. Se os russos, ou mesmo os americanos, estiverem do outro lado da água, ele vai se entregar de bom grado. Quando a luz do dia dá espaço à noite, ele vê o brilho dos tiros de armas e dos canhões a distância. Ainda assim, quer chegar à água, e espera encontrar uma ponte ou um caminho que o leve dali.

Quando chega lá, um rio o confronta, não um córrego. Ele olha para o outro lado e ouve os tiros de canhão. *Devem ser os russos. Estou me aproximando de vocês.* Submergindo, Lale fica chocado ao sentir a água congelante. Nada lentamente para dentro do rio, tomando o cuidado de não perturbar demais a superfície com suas braçadas, pois não quer ser visto. Pausando, ele ergue a cabeça e presta atenção. Os tiros estão mais próximos.

— Merda — sussurra ele.

Para de nadar e deixa a corrente levá-lo diretamente sob os tiros, só mais um tronco ou cadáver a ser ignorado. Quando acha que conseguiu se afastar dos conflitos com segurança, nada desesperado até a margem próxima. Ele sai da água e arrasta o corpo ensopado para dentro da mata, mas cai trêmulo e desmaia.

27

Lale acorda sentindo o sol no rosto. Suas roupas haviam secado um pouco, e ele consegue ouvir o som do rio correndo lá embaixo. Arrasta-se de barriga através das árvores que o esconderam durante a noite e chega ao topo de uma estrada. Soldados russos estão caminhando por ela. Ele observa por alguns momentos, temendo os tiros. Mas os soldados estão relaxados. Decide acelerar seu plano de chegar em casa.

Lale ergue as mãos e entra na estrada, surpreendendo um grupo de soldados. Eles erguem os fuzis imediatamente.

— Sou eslovaco. Estive em um campo de concentração por três anos.

Os soldados trocam olhares.

— Cai fora — diz um deles, e eles retomam a marcha, um deles empurrando Lale quando passa.

Ele fica parado por vários minutos enquanto muitos outros soldados passam, ignorando-o. Aceitando sua indiferença, ele continua, recebendo apenas um olhar ocasional. Decide caminhar na direção oposta, pensando que os russos provavelmente estão indo enfrentar os alemães, então ficar o mais longe possível faz sentido.

Por fim, um jipe se emparelha ao lado dele e para. Um oficial no banco traseiro examina-o.

— Quem diabos é você?

— Sou um eslovaco. Fui prisioneiro em Auschwitz por três anos. — Ele puxa a manga esquerda da camisa para revelar seu número tatuado.

— Nunca ouvi falar.

Lale engole em seco. Para ele é inimaginável que um lugar de horrores como aquele não fosse conhecido.

— Fica na Polônia. É tudo que consigo lhe dizer.

— Você fala um russo perfeito — diz o soldado. — Que línguas mais você fala?

— Tcheco, alemão, francês, húngaro e polonês.

O oficial encara-o com mais cuidado.

— E aonde você pensa que vai?

— Para casa, de volta para a Eslováquia.

— Não vai, não. Tenho o trabalho perfeito para você. Entre.

Lale quer correr, mas não teria chance, então sobe no banco do passageiro.

— Dê meia-volta, vamos para o quartel-general — o oficial instrui o motorista.

O jipe pula sobre buracos e valas, seguindo de volta pelo caminho que percorria. Alguns quilômetros adiante passam por um vilarejo e depois entram em uma estrada de terra na direção de um grande chalé no topo de uma colina com vista para um belo vale. Entram em uma grande rotatória, onde vários carros de aparência cara estão estacionados. Dois guardas estão em pé de cada lado de uma porta principal imponente. O jipe desliza até parar, o motorista sai rápido e abre a porta para o oficial no banco de trás.

— Venha comigo — diz o oficial.

Lale corre atrás dele para dentro do saguão do chalé. Para, chocado pela opulência à sua frente. Uma grande escadaria, obras de arte – pinturas e tapeçarias em todas as paredes – e mobiliário de uma qualidade que nunca tinha visto antes. Lale havia entrado em um mundo além de sua compreensão. Depois do que ele conheceu, é quase doloroso.

O oficial vai em direção de uma sala além do saguão principal, indicando que Lale deveria segui-lo. Entram em um aposento grande e mobiliado com sofisticação. Uma mesa de mogno domina, assim como a pessoa sentada atrás dela. A julgar pelo uniforme e pela insígnia correspondente, Lale está na presença de um oficial russo de patente muito alta. O homem olha para a frente quando eles entram.

— O que temos aqui?

— Ele alega ter sido prisioneiro dos nazistas por três anos. Suspeito que seja judeu, mas não acho que isso importe. O que importa é que fala russo e alemão — diz o oficial.

— E?

— Achei que poderia ser útil para nós. Sabe, para falar com os nativos.

O oficial sênior recosta-se, parece considerar a situação.

— Ponha-o para trabalhar, então. Encontre alguém para vigiá-lo e atirar nele se tentar escapar. — Enquanto Lale é escoltado da sala, o oficial sênior acrescenta. — E faça com que ele se lave e vista umas roupas melhores.

— Sim, senhor. Acho que ele fará bem para nós.

Lale segue o oficial. *Não sei o que eles querem de mim, mas se isso significa conseguir um banho e roupas limpas...* Caminham pelo saguão e seguem escada acima para o primeiro andar; Lale observa que há mais dois andares. Entram em um quarto, e o russo vai até o armário e o abre. Roupas de mulher. Sem uma palavra, ele sai e entra no próximo quarto. Desta vez, roupas masculinas.

— Encontre algo que sirva em você e fique bom. Deve haver um banheiro por ali. — Ele aponta. — Lave-se, e eu voltarei em breve.

Ele sai e fecha a porta. Lale olha ao redor do quarto. Há uma grande cama de dossel com cobertores pesados e montanhas de travesseiros de todas as formas e tamanhos; uma cômoda que ele acha ser de ébano maciço; uma mesinha completa com um abajur Tiffany; e uma poltrona coberta com bordados finos. Como ele queria que Gita estivesse ali. Reprime o pensamento. Não pode se dar ao luxo de pensar nela. Ainda não.

Lale corre a mão sobre os ternos e camisas no armário, casuais e formais, e em todos os acessórios necessários para ressuscitar o antigo Lale. Escolhe um terno e o segura diante do espelho, admirando o visual: ficará próximo de um ajuste perfeito. Ele o joga na cama. Uma camisa branca logo se junta a ele. De uma gaveta, ele seleciona ceroulas lisas, meias limpas e um cinto marrom de couro macio. Encontra um par de sapatos engraxados em outro armário que combina com o terno. Enfia o pé descalço neles. Perfeitos.

Uma porta leva ao banheiro. Os metais dourados brilham contra os azulejos brancos que cobrem as paredes e o chão; uma janela grande com vitrais lança uma pálida luz amarela e verde-escura no aposento com o sol do fim de tarde. Ele entra ali e fica parado por um bom tempo, desfrutando da expectativa. Em seguida, enche a banheira e entra nela, deleitando-se até a água esfriar. Adiciona mais água fumegante, sem pressa de terminar seu primeiro banho em três anos. Por fim, ele sai da banheira e se seca com uma toalha macia que encontra com muitas outras sobre o porta-toalhas. Ele volta ao quarto e se veste devagar, saboreando a sensação macia do algodão e do linho, e das meias de lã. Nada arranha, irrita ou fica folgado em sua compleição murcha. Óbvio que o dono daquelas roupas era magro.

Ele se senta por um tempo na cama, esperando seu responsável voltar. Então, decide explorar mais um pouco o quarto. Puxa as cortinas grandes para revelar portas envidraçadas que levam a uma sacada. Ele as abre com um floreado e sai. *Uau. Onde estou?* Um jardim imaculado estende-se diante dele, o gramado desaparecendo floresta adentro. Tem uma visão perfeita da rotatória e observa quando vários carros estacionam e deixam mais oficiais russos. Ouve a porta do seu quarto se abrir e se vira para ver seu responsável junto com outro soldado, de patente menor. Ele permanece na sacada. Os dois homens juntam-se a ele e admiram o terreno.

— Muito bonito, não acha? — diz o responsável por Lale.

— Vocês fizeram muito bem. Que achado.

Seu responsável ri.

— Sim, fizemos. Este quartel-general é um pouco mais confortável do que o que tínhamos no *front*.

— O senhor vai me dizer o que farei?

— Este é Fredrich. Ele vai ser seu guarda. Vai atirar em você, caso tente escapar.

Lale olha para o homem. Os músculos do braço avolumam-se contra as mangas da camisa e o peito ameaça fazer voar os botões que o seguram. Seus lábios finos não sorriem nem fazem caretas. O cumprimento de Lale, um menear de cabeça, fica sem resposta.

— Ele não vai apenas vigiá-lo aqui, mas vai levá-lo até a vila todos os dias para fazer nossas compras. Entendeu?

— O que vou comprar?

— Bem, vinho é que não é; temos uma adega cheia. Comida, os *chefs* compram. Eles sabem o que querem…

— Então sobra…

— Diversão.

Lale mantém o rosto neutro.

— Você vai à vila toda manhã encontrar jovens bonitas interessadas em passar um tempo aqui conosco durante a noite. Entendeu?

— Serei seu cafetão?

— Você entendeu perfeitamente.

— Como vou persuadi-las? Digo a elas que vocês todos são camaradas bonitos que as tratarão bem?

— Vamos lhe dar coisas para atraí-las.

— Que tipo de coisas?

— Venha comigo.

Os três homens descem as escadas até outra sala suntuosa, onde um oficial abre um grande cofre-forte embutido em uma parede. O responsável entra no cofre e traz duas latas de metal, que ele põe sobre a mesa. Em uma delas há dinheiro, na outra, joias. Lale consegue avistar muitas outras latas semelhantes postas nas prateleiras do cofre-forte.

— Fredrich trará você aqui toda manhã, e você vai pegar dinheiro e joias para as garotas. Precisamos de oito a dez toda noite. Apenas mostre o pagamento para elas e, se necessário, lhes dê um pequeno valor em dinheiro como adiantamento. Diga a elas que receberão o restante quando chegarem ao chalé e, quando a noite terminar, serão conduzidas até suas casas bem e em segurança.

Lale tenta botar a mão na lata de joias, que é fechada de forma abrupta.

— Vocês já combinaram um valor com elas? — pergunta ele.

— Vou deixar para que você descubra. Apenas consiga o melhor acordo que puder. Entendeu?

— Claro, vocês querem bife de primeira pelo preço de salsichão. — Lale sabe quando dizer a coisa certa.

O oficial ri.

— Acompanhe Fredrich; ele vai mostrar as redondezas para você. Pode fazer as refeições na cozinha ou no seu quarto. Avise os *chefs* como vai ser.

Fredrich leva Lale para baixo e o apresenta para os dois *chefs*. Ele lhes diz que prefere comer no quarto. Fredrich diz a Lale que ele não pode passar do primeiro andar e, mesmo lá, ele não deve entrar em nenhum quarto além do seu. Ele entende a mensagem muito bem.

Poucas horas depois, Lale recebe o jantar de cordeiro em um molho espesso, cremoso. As cenouras estão *al dente* e pingam manteiga. O prato inteiro é temperado com sal, pimenta e salsinha fresca. Imaginou se havia perdido a capacidade de apreciar sabores elaborados. Não havia. O que ele havia perdido, no entanto, foi a capacidade de aproveitar da comida diante dele. Como poderia, quando Gita não está ali para compartilhá-la com ele? Quando ele não tem ideia se ela tem algo para comer? Quando ele não tem ideia… mas ele reprime aquele pensamento. Está ali agora, e deve fazer o que precisa antes de conseguir encontrá-la. Come apenas metade do que está no prato. Sempre guardando um pouco; foi assim que viveu nos últimos anos. Junto com a comida, Lale bebe grande parte de uma garrafa de vinho. Precisa de algum esforço para se despir antes de cair na cama e entrar no sono dos inebriados.

Acorda na manhã seguinte com o tilintar de uma bandeja de café da manhã sendo posta sobre a mesa. Não consegue se lembrar se havia ou não trancado o quarto. Talvez o *chef* tivesse a chave de qualquer forma. A bandeja vazia da noite e a garrafa são levadas. Tudo sem uma palavra trocada.

Depois do café da manhã, ele toma um banho rápido. Está calçando os sapatos quando Fredrich entra.

— Pronto?

Lale concorda com a cabeça.

— Vamos.

Primeira parada, o escritório com o cofre-forte. Fredrich e outro oficial observam enquanto Lale seleciona uma quantidade de dinheiro, que é contado e anotado em um caderno, em seguida uma combinação de pequenas joias e algumas pedras preciosas soltas, também anotadas.

— Estou levando mais do que provavelmente precisarei porque é minha primeira vez, e não tenho ideia de qual será o preço, tudo bem? — diz ele aos dois homens.

Elas dão de ombros.

— Só não deixe de devolver qualquer coisa que não gastar — diz o oficial contador.

Pondo o dinheiro em um bolso e as joias em outro, Lale segue Fredrich até uma grande garagem ao lado do chalé. Fredrich pega um jipe, Lale embarca, e eles percorrem alguns quilômetros até a vila pela qual Lale havia passado no dia anterior. *Foi ontem? Como posso já me sentir tão diferente?* Durante a viagem, Fredrich conta para ele que vão conduzir um pequeno caminhão para buscar as garotas à noite. Não é confortável, mas é o único veículo que têm que consegue levar doze pessoas. Quando entram na vila, Lale pergunta:

— Então, onde devo procurar garotas de bom talhe?

— Vou deixar você no alto da rua. Entre em todas as lojas. Trabalhadoras ou clientes, não importa, contanto que sejam jovens e, de preferência, bonitas. Descubra seu preço, mostre a elas o pagamento… se elas quiserem alguma coisa adiantada, dê apenas dinheiro. Diga que vem buscá-las às seis, na frente da padaria. Algumas já estiveram lá antes.

— Como vou saber se elas já estão no papo?

— Elas vão dizer não, eu acho. Talvez também joguem alguma coisa em você, então fique preparado para desviar. — Quando Lale sai do carro, ele diz. — Estarei esperando e observando. Leve o tempo que precisar. E não faça nenhuma bobagem.

Lale segue até uma butique próxima, esperando que maridos ou namorados não tenham ido às compras com suas companheiras naquele dia. Todos olham para ele quando entra. Ele diz olá em russo, antes de se lembrar que está na Áustria e mudar para o alemão.

— Olá, senhoras, como vão?

As mulheres olham-se. Algumas dão risadinhas antes de uma atendente da loja perguntar:

— Posso ajudá-lo? Está procurando alguma coisa para sua mulher?

— Não exatamente. Quero falar com todas vocês.

— O senhor é russo? — pergunta uma cliente.

— Não, sou eslovaco. No entanto, estou aqui em nome do Exército russo.

— Está ficando no chalé? — pergunta outra cliente.

— Sim.

Para alívio de Lale, uma das atendentes da loja se manifesta.

— O senhor está aqui para ver se queremos ir à festa hoje?

— Sim, isso mesmo, estou. Já estiveram lá antes?

— Eu já. Não fique assustado. Todas sabemos o que você quer.

Lale olha ao redor. Há duas atendentes de loja e quatro clientes.

— Bem? — diz ele com cuidado.

— Mostre o que você trouxe — diz uma cliente.

Lale esvazia os bolsos sobre o balcão enquanto as garotas se reúnem.

— Quanto podemos ganhar?

Lale olha para a garota que já esteve no chalé antes.

— Quanto recebeu da última vez?

Ela abana um anel de diamante e pérola embaixo do nariz dele.

— Mais dez marcos.

— Tudo bem, que tal eu lhe dar cinco marcos agora, outros cinco hoje à noite, e uma joia a sua escolha?

A garota revira as joias e pega um bracelete de pérolas.

— Vou ficar com este aqui.

Lale tira-o gentilmente da mão da moça.

— Ainda não — diz ele. — Esteja na padaria às seis. Combinado?

— Combinado — diz ela.

Lale lhe entrega cinco marcos, que ela enfia no sutiã.

O restante das garotas examina as joias, e elas escolhem o que querem. Lale dá a cada uma cinco marcos. Não há barganha.

— Obrigado, senhoras. Antes de eu ir, podem me dizer onde posso encontrar belas mulheres com pensamentos afins?

— Pode tentar o café um pouco mais para baixo, ou a biblioteca — uma delas sugere.

— Tome cuidado com as vovós no café — diz uma das mulheres com uma risadinha.

— O que quer dizer com "vovós"? — pergunta Lale.

— Sabe, as velhas... algumas delas tem mais de trinta!

Lale sorri.

— Olha — diz a primeira voluntária —, pode parar qualquer mulher que encontrar na rua. Todas sabemos o que você quer, e há muitas de nós que precisam de boa comida e bebida, embora tenhamos que compartilhar com aqueles porcos russos feiosos. Não há homens aqui para nos ajudar. Fazemos o que precisamos fazer.

— Como eu — Lale lhes diz. — Muito obrigado a vocês todas. Espero vê-las hoje à noite.

Lale sai da loja e se recosta em uma parede, respirando fundo. Uma loja, metade das garotas necessárias. Ele olha para o outro lado da rua. Fredrich está olhando para ele. Ele faz um sinal positivo para o soldado.

Agora, onde fica aquele café? Em sua caminhada até lá, Lale para três jovens, duas delas concordam em ir à festa. No café encontra mais três. Acha que elas têm entre trinta e trinta e poucos anos, mas ainda são belas mulheres com as quais qualquer um gostaria de ser visto.

Naquela noite, Lale e Fredrich buscam as mulheres, que estão todas esperando na padaria, conforme o instruído. Estão vestidas com elegância e maquiadas. A transação acordada em joias e dinheiro ocorre com a vigilância mínima de Fredrich.

Ele observa quando elas entram no chalé. Estão de mãos dadas, usando expressões resolutas e dando risadas ocasionais.

— Vou pegar o que restou — diz Fredrich, ficando próximo de Lale.

Lale tira várias notas e algumas joias dos bolsos e as entrega a Fredrich, que parece satisfeito pelas transações terem sido realizadas corretamente. Fredrich embolsa os recursos, em seguida começa a revistar Lale, enfiando fundo as mãos nos bolsos dele.

— Ei, cuidado — diz Lale. — Não conheço você tão bem assim!

— Você não faz meu tipo.

A cozinha deve ter sido avisada sobre seu retorno, pois seu jantar chega pouco depois de Lale ter entrado no quarto. Ele come e depois sai para a sacada. Recostando-se no parapeito, ele observa o ir e vir de veículos. Às vezes, o som da festa lá embaixo chega até ele, e fica contente por ouvir apenas risadas e conversas. De volta ao quarto, começa a se despir para deitar. Mexendo na barra da calça, encontra o pequeno diamante que depositou ali. Tira uma única meia da gaveta e enfia o diamante nela antes de se recolher para dormir.

Acorda algumas horas depois com gargalhadas e conversas vindo pelas portas da sacada. Sai e observa quando as garotas embarcam no caminhão para voltar para casa. A maioria parece embriagada, mas nenhuma parece aflita. Ele volta para a cama.

Nas próximas semanas, Lale e Fredrich fazem suas duas viagens diárias à vila. Ele se torna bem conhecido lá; mesmo mulheres que nunca vão ao chalé sabem quem ele é e o cumprimentam quando passam. A butique e o café são seus dois lugares favoritos, e logo as garotas se reúnem lá no horário que sabem que ele vai chegar. Com frequência, suas conhecidas o cumprimentam com um beijo na bochecha e um pedido para ele se juntar à festa naquela noite. Parecem realmente tristes por ele nunca participar.

Um dia, no café, Serena, uma das garçonetes, diz em voz alta:

— Lale, você vai se casar comigo quando a guerra acabar? — As outras garotas que estão lá dão risadinhas, e as mulheres mais velhas desaprovam.

— Ela está caidinha por você, Lale. Não quer nenhum daqueles porcos russos, não importa quanto dinheiro tenham — uma das clientes adiciona.

— Você é uma garota muito bonita, Serena, mas sinto dizer que meu coração pertence a outra pessoa.

— Quem? Qual é o nome dela? — pergunta Serena, indignada.

— O nome dela é Gita, e estou prometido para ela. Eu a amo.

— Ela está esperando por você? Onde ela está?

— Não sei onde ela está agora, mas vou encontrá-la.

— Como você sabe que ela está viva?

— Ah, ela está viva. Alguma vez você já teve certeza de algo?

— Não sei.

— Então, você nunca amou na vida. Vejo vocês mais tarde, meninas. Seis horas. Não se atrasem.

Um coro de adeus segue-o porta afora.

Naquela noite, quando Lale acrescenta um grande rubi a seu tesouro de guerra, uma terrível saudade de casa o atinge. Ele se senta na cama por um bom tempo. Suas lembranças de casa foram maculadas por suas lembranças da guerra. Tudo e todos com que e com quem ele se importava agora eram apenas visíveis pelas lentes obscuras do sofrimento e da perda. Quando consegue se recompor, esvazia a meia na cama e conta as pedras preciosas que conseguiu surrupiar durante aquelas semanas. Ele caminha até a sacada. As noites estão ficando mais quentes, e vários dos convivas estão no gramado, alguns perambulando, outros brincando de uma espécie de jogo de pegar. Uma batida na porta o assusta. Desde a primeira noite, Lale vem trancando a porta, esteja ele no quarto ou não. Correndo para abrir, vê as pedras preciosas na cama e rapidamente puxa as cobertas sobre elas. Não vê que o último rubi cai no chão.

— Por que sua porta estava trancada? — pergunta Fredrich.

— Não quero dividir minha cama com um de seus colegas; observei que vários deles não têm interesse nas garotas que trazemos para eles.

— Entendo. Você é um homem bem-apessoado. Sabe que o recompensariam lindamente se estivesse inclinado.

— Não estou.

— Gostaria de ficar com uma das garotas? Já foram pagas.

— Não, obrigado.

O olho de Fredrich é atraído por um cintilar sobre o tapete. Ele se abaixa e pega o rubi.

— E o que é isso?

Surpreso, Lale olha para a pedra preciosa.

— Pode explicar por que está com isso aqui, Lale?

— Deve ter ficado preso no forro do meu bolso.

— Sério?

— Acha que, se eu tivesse pegado, teria deixado aí para você encontrar?

Fredrich pensa por um instante.

— Creio que não. — Ele o embolsa. — Vou devolvê-lo para o cofre.

— Por que veio me ver? — pergunta Lale, mudando de assunto.

— Vou ser transferido amanhã, então você fará a ronda da manhã e buscará as garotas sozinho a partir de agora.

— Você diz com outra pessoa? — pergunta Lale.

— Não. Você provou que é de confiança; o general está muito impressionado com você. Continue fazendo o que tem feito, e, quando chegar a hora de todo mundo ir embora, talvez haja até um pequeno bônus para você.

— Sinto muito por sua partida. Gostava de nossas conversas no caminhão. Cuide-se; a guerra ainda está lá fora.

Eles se despedem com um aperto de mão.

Assim que Lale fica sozinho, trancado em segurança no quarto, ele reúne as pedras preciosas que estão sobre a cama e as devolve à meia. Do armário escolhe o terno mais bonito e o separa. Deixa uma camisa e várias roupas de baixo e meias sobre a mesa, e põe um par de sapatos embaixo dela.

Na manhã seguinte, Lale se banha e se veste com as roupas escolhidas, inclusive as quatro ceroulas e os três pares de meia. Põe a meia contendo as pedras preciosas no bolso lateral do casaco. Dá uma última olhada no quarto e depois vai até o cofre-forte. Lale serve-se da quantidade normal de dinheiro e joias e está prestes a sair quando o oficial contador o para.

— Espere. Leve mais hoje. Temos dois oficiais de patente muito alta vindo de Moscou hoje à tarde. Pague as melhores para eles.

Lale pega dinheiro e joias extras.

— Talvez eu volte um pouco mais tarde nesta manhã. Vou à biblioteca também para ver se pego um livro emprestado.

— Temos uma biblioteca extremamente boa aqui.

— Obrigado, mas sempre há oficiais lá dentro e… bem, eu ainda me sinto intimidado por eles. Entende?

— Ah, tudo bem. Como quiser.

Lale vai até a garagem e meneia a cabeça ao criado, que está ocupado, lavando um carro.

— Que dia bonito, Lale. As chaves estão no jipe. Soube que vai sozinho hoje.

— Sim, Fredrich foi transferido; espero mesmo que não seja para o *front*.

O criado ri.

— Que azar danado o dele.

— Ah, tive permissão para voltar mais tarde hoje.

— Quer um pouco de agitação também, não é?

— Mais ou menos isso. Até mais tarde.

— Tudo bem, tenha um bom dia.

Lale pula despreocupado no jipe e se afasta do chalé sem olhar para trás. Na vila, estaciona no fim da rua principal, deixa as chaves na ignição e sai caminhando. Vê uma bicicleta recostada na frente de uma loja, que ele casualmente arrasta consigo. Então, salta sobre ela e pedala para fora da cidade.

Alguns quilômetros depois, é parado por uma patrulha russa. Um jovem oficial o questiona.

— Aonde vai?

— Fui prisioneiro dos alemães por três anos. Sou da Eslováquia e estou indo para casa.

O russo agarra o guidão, forçando Lale a descer da bicicleta. Ele se vira de costas e recebe um chute bem dado na bunda.

— A caminhada não vai lhe fazer mal. Agora, cai fora.

Lale continua a andar. *Não vale a pena discutir.*

A noite chega, e ele não para de andar. Consegue ver as luzes de um vilarejo adiante e aperta o passo. O lugar está apinhado de soldados russos, e, embora eles o ignorem, ele sente que deve continuar a caminhada. Nas cercanias da cidade, encontra uma estação ferroviária e corre até ela, pensando que talvez fosse encontrar um banco para descansar a cabeça por algumas horas. Quando entra na plataforma, descobre um trem nela, mas sem sinais de vida. O trem traz um mau pressentimento, mas ele reprime o medo e o percorre de cima a baixo. Vagões. Vagões projetados para pessoas. Uma luz no escritório da estação chama sua atenção, e ele anda naquela direção. Lá dentro, um chefe de estação balança em uma cadeira, a cabeça caída para a frente enquanto ele luta com o sono. Lale afasta-se da janela e finge um ataque de tosse antes de se aproximar com uma confiança que não sente de verdade. O chefe da estação, agora acordado, vem até a janela, abrindo-a apenas o bastante para conversar.

— Posso ajudá-lo?

— Este trem, para onde está indo?

— Bratislava.

— Posso embarcar nele?

— Pode pagar?

Lale pega a meia de seu casaco, tira dois diamantes e os entrega para o homem. Enquanto o faz, a manga esquerda do terno se levanta, revelando sua tatuagem. O chefe da estação pega as pedras preciosas.

— Último vagão, ninguém vai incomodá-lo lá. Mas ele só vai partir às seis da manhã.

Lale olha para o relógio da estação. *Daqui a oito horas.*

— Posso esperar. Quanto tempo de viagem?

— Cerca de uma hora e meia.

— Obrigado. Muito obrigado.

Quando Lale está seguindo para o último vagão, é parado por um chamado do chefe da estação, que o alcança e lhe entrega comida e uma garrafa térmica.

— É só um sanduíche que minha mulher fez, mas o café está quente e forte.

Pegando a comida e o café, os ombros de Lale caem e ele não consegue segurar as lágrimas. Ele ergue os olhos e vê o chefe da estação também com olhos rasos d'água quando se vira, seguindo de volta ao escritório.

— Obrigado. — Ele mal consegue pronunciar as palavras.

O dia nasce quando chegam à fronteira com a Eslováquia. Um oficial aproxima-se de Lale e pede seus documentos. Lale enrola a manga para mostrar sua única forma de identificação: 32407.

— Sou eslovaco — diz ele.

— Bem-vindo de volta.

28

Bratislava. Lale sai do trem que chega à cidade onde viveu e foi feliz, onde deveria ter vivido nos últimos três anos. Ele perambula pelos bairros que conhecia tão bem antes. Muitos agora estão irreconhecíveis, devido aos bombardeios. Não existe nada ali para ele. Tem que encontrar uma maneira de voltar a Krompachy, a cerca de quatrocentos quilômetros dali: será uma longa viagem para casa. Ele demora quatro dias andando, caminhadas intercaladas com algumas caronas em carroças puxadas por cavalos, uma cavalgada e outra carona em um carrinho puxado por trator. Ele paga, quando necessário, da única maneira que consegue: um diamante aqui, uma esmeralda ali. Por fim, ele desce a rua na qual cresceu e para na frente da casa de sua família. As estacas da cerca da frente não estão mais ali, deixando apenas postes retorcidos. As flores, antigamente o orgulho e a alegria de sua mãe, estão encobertas pelas ervas daninhas e pelo mato alto. Há tábuas de madeira cobrindo uma janela de vidro quebrado.

Uma idosa sai da casa do outro lado e se aproxima dele.

— O que acha que está fazendo? Saia daqui já! — grita ela, empunhando uma colher de pau.

— Me desculpe, é que... eu já morei aqui.

A idosa olha para ele, e começa a se dar conta.

— Lale? É você?

— Sim. Ah, sra. Molnar. É a senhora? A senhora está... está...

— Velha, eu sei. Ah, meu Deus, Lale, é você mesmo?

Eles se abraçam. Com a voz embargada, um pergunta como o

outro está, mas ninguém consegue responder direito. Por fim, a vizinha se afasta dele.

— O que você está fazendo aqui, de pé? Entre, vá para casa.

— Tem alguém morando aqui?

— Sua irmã, claro. Ai, meu Deus... ela não sabe que você está vivo?

— Minha *irmã!* Goldie está viva?

Lale atravessa a rua e bate com força na porta. Ninguém atende imediatamente, e ele bate de novo. Do lado de dentro, ele ouve:

— Estou indo, estou indo.

Goldie abre a porta. Ao ver o irmão, ela desmaia. A sra. Molnar o acompanha para dentro quando ele segura a irmã e a deita no sofá. A sra. Molnar traz um copo de água. Acomodando a cabeça de Goldie de modo carinhoso nos braços, Lale espera até que ela abra os olhos. Quando ela recobra a consciência, ele lhe dá água. Ela chora, derramando a maior parte do líquido. A sra. Molnar sai discretamente enquanto Lale aninha a irmã em seu colo, deixando suas próprias lágrimas rolarem também. Demora um pouco até ele conseguir falar e perguntar aquilo que quer saber de forma desesperada.

As notícias são tristes. Seus pais foram levados dias depois de sua partida. Goldie não tem ideia de onde eles foram, nem se ainda estão vivos. Max partiu para se unir aos partidários e foi morto lutando contra os alemães. A esposa de Max e os dois filhos deles foram levados, e ela também não sabe para onde. A única notícia positiva que Goldie tem a oferecer é sobre ela mesma. Ela se apaixonou por um russo e eles se casaram. O sobrenome dela agora é Sokolov. Seu marido está viajando a trabalho e deve voltar em alguns dias.

Lale vai para a cozinha com ela, sem querer deixar que ela se afaste de seu campo de visão, enquanto prepara uma refeição para eles. Depois de comerem, eles conversam até tarde da noite. Apesar de Goldie pressionar Lale por informações a respeito de onde ele passou os últimos três anos, ele só conta que esteve em um campo de trabalho na Polônia e que agora está em casa.

No dia seguinte, ele abre o coração à irmã e à sra. Molnar a respeito de seu amor por Gita e de como acredita que ela ainda está viva.

— Você precisa encontrá-la — diz Goldie. — Precisa procurá-la.

— Não sei por onde começar a procurar.

— Bem, de onde ela era? — pergunta a sra. Molnar.

— Não sei. Ela não me contou.

— Ajude-me a entender isso. Você a conhece há três anos e durante todo esse tempo ela não disse nada a respeito de suas origens?

— Não dizia. Ela me diria no dia em que saiu do campo, mas tudo aconteceu depressa demais. Só sei o sobrenome dela: é Furman.

— Bem, isso é alguma coisa, mas não muito — diz a irmã.

— Já ouvi dizer que as pessoas estão voltando dos campos — diz a sra. Molnar. — Estão chegando a Bratislava. Talvez ela esteja lá.

— Se eu for voltar para a Bratislava, preciso de um transporte.

Goldie sorri.

— Então o que você está fazendo sentado aqui?

Na cidade, Lale pergunta a todo mundo que encontra com um cavalo, com uma bicicleta, com uma carroça, com um caminhão se pode comprar o veículo. Todo mundo diz não.

Quando começa a entrar em desespero, um senhor aparece na direção dele com uma carroça puxada por um único cavalo. Lale para na frente do animal, forçando o homem a puxar as rédeas.

— Gostaria de comprar seu cavalo e sua carroça — diz ele.

— Quanto?

Lale tira várias pedras preciosas do bolso.

— São verdadeiras. E valem muito dinheiro.

Depois de analisar o tesouro, o velho diz:

— Com uma condição.

— Qual? Qualquer uma.

— Você precisa me levar para casa primeiro.

Depois de um tempo, Lale para na frente da casa da irmã e orgulhosamente mostra a ela seu novo meio de transporte.

— Não tenho nada para ele comer! — exclama ela.

Ele aponta a grama alta.

— A grama de seu quintal da frente precisa ser aparada.

Naquela noite, com o cavalo amarrado no quintal da frente, a sra. Molnar e Goldie fazem refeições para Lale levar na viagem. Ele detesta se despedir das duas tão pouco tempo depois de chegar em casa, mas elas não aceitam quando ele fala em ficar.

— Não volte sem a Gita — são as últimas palavras de Goldie quando Lale sobe na carroça e é quase jogado para fora quando o cavalo parte. Olha para trás, para as duas mulheres de pé na frente da casa de sua família, as duas abraçadas, sorrindo, acenando.

Durante três dias e três noites, Lale e seu novo companheiro passam por estradas destruídas e por cidades arrasadas por bombardeios. Atravessam córregos nos quais pontes foram derrubadas. Dão caronas a várias pessoas pelo caminho. Lale faz suas refeições com moderação. Sente enorme pesar por sua família dilacerada. Ao mesmo tempo, sente saudade de Gita, e isso dá a ele o senso de propósito de que precisa para seguir em frente. Precisa encontrá-la. Ele prometeu.

Quando afinal volta para Bratislava, vai imediatamente à estação de trem.

— É verdade que os sobreviventes de campos de concentração estão voltando para casa? — pergunta ele.

Fica sabendo que sim, isso está acontecendo, e recebe os horários do trem. Sem ter a menor ideia sobre onde Gita pode estar – nem mesmo em qual país –, decide que a única coisa a fazer é esperar cada trem. Pensa em procurar um lugar para ficar, mas um desconhecido e um cavalo não são bem aceitos, por isso ele dorme na carroça em qualquer pedaço de terra sem dono que possa encontrar, pelo tempo necessário para o cavalo comer grama ou até serem expulsos. Ele sempre se lembra de seus amigos no campo cigano e das histórias que eles lhe contavam a respeito de sua maneira de viver. O fim do verão se aproxima. A chuva é frequente, mas não o detém.

Durante duas semanas, Lale permanece na estação de trem a cada nova chegada. Ele anda de um lado a outro da plataforma, aproximando-se de toda mulher que está desembarcando.

— Você estava em Birkenau? — Nas poucas vezes em que ouve um sim, ele pergunta: — Você conheceu Gita Furman? Ela estava no Bloco 29. — Ninguém a conhece.

Um dia, o supervisor da estação pergunta se ele registrou Gita na Cruz Vermelha, que está pegando os nomes dos desaparecidos e dos que voltaram e estavam procurando seus entes queridos. Sem nada a perder, ele vai ao centro da cidade até o endereço que recebeu.

Gita está andando na avenida com duas amigas e vê uma carroça engraçada sendo puxada por um cavalo. Há um jovem de pé, casualmente, na parte de trás.

Ela sai da calçada e vai para a rua.

O tempo para quando o cavalo deixa de se mover por vontade própria na frente da jovem.

Lale desce da carroça.

Gita dá um passo na direção dele, e ele não se mexe. Ela dá outro passo.

— Oi — diz ela.

Lale cai de joelhos. Gita se vira para suas duas amigas, que estão olhando para ele, surpresas.

— É ele? — pergunta uma delas.

— Sim — diz Gita. — É ele.

É evidente que Lale não vai se mexer, ou é incapaz de se mexer, então Gita caminha até ele. Ajoelhando-se a sua frente, ela diz:

— Se por acaso você não me ouviu quando saímos de Birkenau, eu te amo.

— Quer se casar comigo? — pergunta ele.

— Sim, quero.

— Vai fazer de mim o homem mais feliz do mundo?

— Sim.

Lale toma Gita nos braços e a beija. Uma das amigas de Gita se aproxima e leva o cavalo para longe. Em seguida, com os braços de

Gita ao redor da cintura de Lale e a sua cabeça apoiada no ombro dele, os dois se afastam, misturando-se na rua lotada, um casal jovem entre muitos em uma cidade destruída pela guerra.

EPÍLOGO

Lale mudou seu nome para Sokolov, o sobrenome russo de sua irmã casada – um nome mais prontamente aceito do que Eisenberg na Eslováquia controlada pelos soviéticos. Ele e Gita casaram-se em outubro de 1945 e se estabeleceram em Bratislava. Lale começou a importar tecidos finos – linho, seda, algodão – de toda a Europa e Ásia. Vendia os tecidos a fabricantes desesperados para reconstruir e vestir outra vez o país. De acordo com Lale, com a União Soviética tendo assumido o controle da Tchecoslováquia, a sua empresa foi a única não estatizada de imediato pelos governantes comunistas. No fim das contas, ele estava fornecendo exatamente os materiais que a hierarquia do governo queria para seu uso pessoal.

A empresa cresceu, ele conseguiu um sócio e os lucros aumentaram. Lale começou de novo a usar roupas elegantes. Ele e Gita jantavam nos melhores restaurantes e passavam as férias em balneários na União Soviética. Eram fortes apoiadores de um movimento para estabelecer um estado judeu em Israel. Gita, em especial, trabalhava em silêncio nos bastidores, conseguindo dinheiro de cidadãos ricos e providenciando seu envio clandestino para fora do país. Quando o casamento do sócio de Lale terminou, sua ex-mulher denunciou as atividades de Lale e Gita às autoridades. Em 20 de abril de 1948, Lale foi preso e acusado de "exportar joias e outros objetos de valor da Tchecoslováquia". O mandado de prisão continua: "Como resultado, a Tchecoslováquia teria sofrido perdas econômicas incalculáveis, e Sokolov teria recebido valores significativos em dinheiro ou posses por meio de sua ação ilícita de pilhagem". Embora Lale estivesse remetendo joias e dinheiro ao exterior, não havia nenhum ganho financeiro nisso. Ele estava doando dinheiro.

Dois dias depois, sua empresa foi estatizada, e ele foi condenado a dois anos na prisão de Ilava, um lugar famoso por manter prisioneiros políticos e alemães depois da guerra. Lale e Gita foram inteligentes e esconderam parte de seu patrimônio. Com contatos no governo local e no Judiciário, Gita conseguiu subornar funcionários para ajudar. Um dia, Lale recebeu a visita de um padre católico na prisão. Depois de um tempo, o padre pediu aos carcereiros que saíssem da sala para que ele pudesse ouvir a confissão de Lale, algo que era sacrossanto e destinado apenas a seus ouvidos. A sós, ele disse a Lale para começar a agir como se estivesse ficando louco. Se fizesse um bom trabalho, conseguiriam um psiquiatra para consultá-lo. Não demorou para que Lale se visse diante de um psiquiatra, que lhe disse que conseguiria para ele uma licença para ir para casa por alguns dias antes que ele "ultrapassasse um limite sem volta".

Uma semana depois, ele foi levado para o apartamento onde ele e Gita moravam. Disseram-lhe que o buscariam em dois dias para concluir sua pena. Naquela noite, com a ajuda de amigos, eles saíram pelos fundos do prédio com uma mala de objetos pessoais cada um e uma pintura que Gita se recusou a deixar. A pintura era de uma cigana. Também levaram uma grande quantidade de dinheiro para entregar a um contato em Viena, destinada a Israel. Em seguida, esconderam-se na parede falsa de um caminhão que levava produtos frescos de Bratislava para a Áustria.

Em um determinado horário em um certo dia, eles estavam caminhando por uma plataforma na estação de trem de Viena, procurando um contato com quem nunca haviam se encontrado. Lale descreveu esse momento como algo tirado de um romance de John Le Carré. Murmuraram uma senha a vários cavalheiros sozinhos até que um finalmente deu a resposta adequada. Lale entregou às escondidas uma pequena maleta de dinheiro ao homem, e então ele desapareceu.

De Viena viajaram a Paris, onde alugaram um apartamento e por vários meses desfrutaram de cafés e bares da cidade, que voltava a seu estado normal pré-guerra. Ver Josephine Baker, a brilhante cantora e dançarina negra norte-americana, apresentando-se em um cabaré foi uma lembrança que Lale sempre carregaria consigo. Ele a descrevia como uma mulher de "pernas que vinham até aqui", apontando para a cintura.

Sem trabalho disponível para cidadãos não franceses, Lale e Gita decidiram sair da França. Queriam se afastar o máximo possível da Europa. Então, compraram passaportes fraudulentos e partiram para Sydney, onde desembarcaram em 29 de julho de 1949.

Na viagem de navio, ficaram amigos de um casal que lhes contou sobre a família em Melbourne com quem pretendiam viver. Foi suficiente para persuadir Lale e Gita a se estabelecerem em Melbourne também. Lale ingressou de novo nos negócios têxteis. Comprou um pequeno armazém e começou a adquirir tecidos localmente e também no exterior para revender. Gita decidiu que também queria fazer parte da empresa e se matriculou em um curso de moda. Em seguida, começou a desenhar roupas femininas, que acrescentou outra dimensão à empresa.

Seu maior desejo era ter um filho, mas simplesmente não acontecia. Por fim, acabaram desistindo. Então, para sua grande surpresa e alegria, Gita engravidou. Seu filho, Gary, nasceu em 1961, quando Gita tinha 36 e Lale, 44. Sua vida estava plena, com um filho, amigos, um negócio bem-sucedido e feriados na Gold Coast, tudo baseado em um amor que nenhuma dificuldade foi capaz de destruir.

A pintura da cigana que Gita trouxe consigo da Eslováquia ainda está em uma parede da casa de Gary.

EPÍLOGO

Estou na sala de estar da casa de um senhor idoso. Não o conheço bem ainda, mas logo venho a conhecer seus cães, Tootsie e Bambam – um do tamanho de um pônei e outro menor que meu gato. Felizmente, eu os conquistei, e agora estão dormindo.

Afasto o olhar por um momento. Tenho que contar para ele.

— O senhor sabe que não sou judia?

Uma hora havia se passado desde que havíamos nos conhecido. O senhorzinho na cadeira diante da minha funga de um jeito impaciente, mas não hostil. Olha para o lado, dobra os dedos. As pernas estão cruzadas, e o pé no alto marca uma batida silenciosa. Os olhos estão voltados à janela e ao espaço aberto.

— Sim — disse ele por fim, voltando-se para mim com um sorriso. — É por isso que quero você.

Relaxo um pouco. Talvez eu esteja no lugar certo, no fim das contas.

— Então — diz ele, como se estivesse prestes a contar uma piada —, me diga o que sabe sobre judeus.

Castiçais com sete velas me vêm à mente quando tento dizer alguma coisa.

— Conhece algum judeu?

Lembro-me de uma.

— Trabalho com uma garota chamada Bella. Ela é judia, eu acho.

Espero desdém, mas em vez disso recebo entusiasmo.

— Ótimo! — diz ele.

Passei em outro teste.

Em seguida, vem a primeira instrução.

— Você não vai ter ideias preconcebidas sobre o que lhe disser. — Ele faz uma pausa, como se procurando palavras. — Não quero nenhuma bagagem pessoal dentro da minha história.

Eu me mexo, desconfortável.

— Talvez haja um pouco.

Ele se inclina para a frente, inseguro. Agarra a mesa com uma das mãos. A mesa está instável, e a perna desnivelada bate no chão, causando um eco. Os cães acordam, assustados.

Engulo em seco.

— O nome de solteira da minha mãe era Schwartfeger. Sua família era alemã.

Ele relaxa.

— Todos viemos de algum lugar — diz ele.

— Sim, mas eu sou *kiwi*. A família da minha mãe vive na Nova Zelândia há mais de cem anos.

— Imigrantes.

— Sim.

Ele se recosta, relaxado agora.

— Com que rapidez você consegue escrever? — pergunta ele.

Fico sem chão. Que pergunta é essa?

— Bem, depende do que estou escrevendo.

— Preciso que você trabalhe rápido. Não tenho muito tempo.

Pânico. Deliberadamente não trouxe nenhum material de gravação ou escrita comigo na primeira reunião. Fui convidada para ouvir e pensar em escrever sua história. Por ora, eu queria apenas ouvir.

— Quanto tempo eu tenho? — pergunto para ele.

— Um pouquinho só.

Fico confusa.

— O senhor vai a algum lugar em breve?

— Sim — diz ele, o olhar voltando para a janela aberta. — Preciso ficar com Gita.

* * *

Não conheci Gita. Foi a morte dela e a necessidade de Lale se juntar a ela que o impulsionaram a contar sua história. Queria que aquilo fosse registrado dessa forma, em suas palavras, "para que nunca acontecesse de novo".

Depois daquela primeira reunião, eu visitava Lale duas a três vezes por semana. A história levou três anos para se desenrolar. Precisei ganhar sua confiança, e levou tempo até que ele estivesse disposto a embarcar na profunda autoanálise que partes de sua história exigiam. Tornamo-nos amigos – não, mais que amigos; nossas vidas se entrelaçaram quando ele derramou o fardo de culpa que carregou por mais de cinquenta anos, o medo de que ele e Gita pudessem ser vistos como colaboradores dos nazistas. Parte do fardo de Lale era repassada a mim quando eu me sentava com ele à mesa de sua cozinha, aquele homem querido de mãos trêmulas, a voz vacilante, os olhos que ainda marejavam sessenta anos depois de ele vivenciar os eventos mais horríveis da história da humanidade.

Ele contava sua história em fragmentos, às vezes lentamente, em outras a toda velocidade e sem relações claras entre os muitos, muitos episódios. Mas não importava. Era fascinante sentar com ele e seus dois cães e escutar o que a um ouvido desinteressado talvez tivesse soado como os resmungos de um velho. Era o delicioso sotaque do Leste Europeu? O charme daquele velho espertalhão? Era a história emaranhada que começava a fazer sentido? Era tudo isso e muito mais.

Como a narradora da história de Lale, para mim foi importante identificar como a lembrança e a história às vezes valsam no compasso e às vezes forçam uma separação, não para apresentarem uma lição na história, das quais há muitas, mas para darem uma lição única à humanidade. As lembranças de Lale eram, em geral, notavelmente claras e precisas. Coincidiram com minha pesquisa sobre pessoas, datas e locais. Foi um alívio? Conhecer uma pessoa para quem esses fatos terríveis foram uma realidade vivida tornou tudo ainda mais horrendo. Não havia separação entre lembrança e história para aquele belo senhor – elas dançavam em perfeito compasso.

O tatuador de Auschwitz é a história de duas pessoas comuns, vivendo em um tempo extraordinário, privadas não apenas de sua liberdade, mas de sua dignidade, seus nomes e identidades, e é o relato de Lale sobre o que precisavam fazer para sobreviver. Lale levou sua vida segundo o lema: "Se você acordar pela manhã, é um bom dia". Na manhã de seu funeral, acordei sabendo que não seria um bom dia para mim, mas que seria para ele. Pois ele estava agora com Gita.

INFORMAÇÕES ADICIONAIS

O nome de Lale era Ludwig Eisenberg, e ele nasceu em 28 de outubro de 1916, em Krompachy, Eslováquia. Foi transportado a Auschwitz em 23 de abril de 1942 e tatuado com o número 32407.

O nome de Gita era Gisela Fuhrmannova (Furman), nascida em 11 de março de 1925, em Vranov nad Topl'ou, Eslováquia. Foi transportada para Auschwitz em 3 de abril de 1942 e tatuada. O número de Gita era 4562, conforme consta de seu testemunho no Shoah Visual Archive. Lale lembrava-se de que o dela era 34902, e isso foi registrado fielmente nas edições anteriores deste livro.

Os pais de Lale, Jozef e Serena Eisenberg, foram transportados para Auschwitz em 26 de março de 1942 (enquanto Lale ainda estava em Praga). Pesquisas revelaram que foram assassinados imediatamente após a chegada a Auschwitz. Lale nunca soube disso, pois foi descoberto após sua morte.

Lale ficou preso na *Strafkompanie* (unidade penal) de 16 de junho a 10 de julho de 1944, onde foi torturado por Jakub.

Quando Gita ficou doente, o remédio que Lale conseguiu para ela era um precursor da penicilina. Em seu testemunho, ela usa o nome "prontocil", que era uma droga antibacteriana de tipo não antibiótico. Foi descoberta em 1932 e usada em grande escala até meados do século XX.

A vizinha de Gita, a sra. Goldstein, sobreviveu e voltou para casa, em Vranov nad Topl'ou.

Cilka foi acusada de ser uma conspiradora nazista e condenada a trabalhos forçados, que cumpriu na Sibéria. Depois disso, voltou a

Bratislava. Ela e Gita encontraram-se apenas uma vez, em meados da década de 1970, quando Gita foi visitar seus dois irmãos.

Em 1961, Stefan Baretski foi julgado em Frankfurt e sentenciado à prisão perpétua por crimes de guerra. Em 21 de junho de 1988, ele cometeu suicídio no Hospital Konitzky-Sift, em Bad Nauheim, Alemanha.

Gita faleceu em 3 de outubro de 2003.

Lale faleceu em 31 de outubro de 2006.

POSFÁCIO

Quando pediram para que eu escrevesse o posfácio do livro, achei um pedido bastante assustador. Lembranças de tantos níveis diferentes não paravam de inundar minha mente, e eu não conseguia começar.

Falo sobre comida, que foi um dos principais focos dos meus pais, mas especialmente de minha mãe, que tinha orgulho da geladeira cheia de Schnitzels de frango, frios e uma infinidade de bolos e frutas? Lembro-me de como ficou arrasada quando, no fim do ensino médio, eu fiz uma grande dieta. Na sexta-feira à noite, ela me serviu os três tradicionais Schnitzels, e nunca vou me esquecer de sua expressão quando devolvi dois para a bandeja. "O que foi? Minha comida não é mais boa?", perguntou. Foi muito difícil para ela perceber que eu não conseguia mais comer a quantidade de antes. Para compensar, quando um amigo vinha me visitar, ele dizia olá para mim e ia direto para a geladeira. Isso a deixava muito feliz. Nosso lar sempre foi convidativo e abraçava todo mundo.

Minha mãe e meu pai sempre apoiaram todo e qualquer passatempo e atividades que eu quisesse tentar e ficavam entusiasmados para me apresentar tudo – esqui, viagens, equitação, *parasailing* e muito mais. Sentiam que sua juventude havia sido roubada e não queriam que eu perdesse nada.

Cresci em uma família muito amorosa. A devoção que meus pais tinham um com o outro era total e irrestrita. Quando muitas pessoas de seu círculo de amigos começaram a se divorciar, procurei minha mãe e perguntei como ela e meu pai conseguiam ficar juntos por tantos anos. Sua resposta foi muito simples: "Ninguém é perfeito. Seu pai sempre cuidou de mim desde o primeiro dia, quando nos conhecemos em Birkenau. Sei que ele não é perfeito, mas eu também sei que sempre me colocou em primeiro lugar". A casa sempre era cheia de amor e afeição, especialmente por mim, e, depois de cinquenta anos de casamento, eu os via se acarinhando, de mãos dadas e se beijando; acredito que isso me ajudou a ser um marido e um pai visivelmente muito amoroso e cuidadoso.

Meus pais fizeram questão de que eu soubesse pelo que passaram. Quando a série televisiva *O mundo em guerra* começou eu tinha treze anos, e eles me fizeram assistir a ela sozinho todas as semanas. Achavam insuportável demais vê-la comigo. Lembro que quando mostravam gravações reais dos campos de concentração, eu prestava atenção para ver se identificava meus pais. Aquelas gravações ficaram na minha mente.

Meu pai ficava confortável para falar sobre suas aventuras no campo, mas apenas nas festas judaicas, quando ele e outros homens se sentavam ao redor da mesa e conversavam sobre suas experiências – tudo era muito tentador. Minha mãe, no entanto, não contava nada dos detalhes, exceto em uma ocasião, quando me disse que, quando ficou muito doente no campo de concentração, sua mãe veio até ela em uma visão e lhe disse: "Você vai melhorar. Mude-se para uma terra distante e tenha um filho".

Vou tentar dar um panorama de como esses anos afetaram os dois. Eu tinha dezesseis anos quando meu pai foi forçado a encerrar sua empresa e voltei da escola bem quando nosso carro estava sendo rebocado e uma placa de leilão estava sendo posta na frente de nossa casa. Lá dentro, minha mãe estava arrumando nossas coisas. Ela estava cantando. *Uau*, pensei comigo, *eles acabaram de perder tudo e minha mãe está cantando*? Ela se sentou comigo para me contar o que estava acontecendo, e eu lhe perguntei: "Como pode estar arrumando nossas coisas e cantando?". Com um sorriso enorme no rosto ela me disse que, quando passamos anos sem saber se daqui a cinco minutos estaremos vivos, não há nada com que não possamos lidar. Ela disse: "Enquanto estivermos vivos e saudáveis, tudo vai dar certo".

Certas coisas ficaram gravadas neles. Quando andávamos pela rua, minha mãe se curvava para pegar um trevo de quatro ou cinco folhas do chão, porque quando ela estava no campo de concentração, se você encontrasse um e desse aos soldados alemães, que por isso acreditavam estar com sorte, você recebia uma porção extra de sopa e pão. A falta de emoção e o elevado instinto de sobrevivência permaneceram com meu pai, a ponto de não ter derramado uma lágrima quando sua irmã faleceu. Quando o questionei sobre isso, ele me disse que, depois de ver a morte em tamanha escala por tantos anos e depois de perder os pais e o irmão, ele se viu incapaz de chorar – quer dizer, até minha mãe falecer. Foi a primeira vez que o vi chorando.

Acima de tudo, eu me lembro do carinho em casa, um lugar sempre cheio de amor, sorrisos, afeto, comida e o humor seco e afiado de meu pai. Foi um ambiente realmente incrível para crescer, e sempre serei grato a meus pais por me mostrar esse jeito de viver.

AGRADECIMENTOS

Por doze anos, a história de Lale existiu como um roteiro. Minha ideia sempre foi vê-la em uma tela – grande ou pequena, não importava. Agora, ela existe como romance, e eu agradeço e reconheço a importância de todos aqueles que ingressaram comigo nessa jornada e dela saíram, e àqueles que ficaram a distância.

A Gary Sokolov – você tem minha gratidão e amor eternos por permitir que eu entrasse na vida de seu pai e por me apoiar completamente a contar a história incrível de seus pais. Sua confiança de que eu chegaria lá nunca vacilou.

A Glenda Bawden – minha chefe de vinte e um anos que fechava os olhos para as minhas escapadas, quando eu ia me encontrar com Lale e outros que estavam me ajudando a desenvolver o manuscrito. E a meus colegas, antigos e atuais, do Departamento de Assistência Social do Monash Medical Centre.

A David Redman, Shana Levine, Dean Murphy, Ralph Moser, da Instinct Entertainment, para quem eu estava fazendo a maior parte das "escapadas". Obrigada pela paixão e pelo compromisso com este projeto durante tantos anos.

A Lisa Savage e Fabian Delussu, por suas habilidades investigativas brilhantes na pesquisa dos "fatos" para garantir que história e lembrança valsassem em compasso perfeito. Muito obrigada. Obrigada a Film Victoria, por seu apoio financeiro com as pesquisas realizadas para a versão original do roteiro de filme para a história de Lale.

A Lotte Weiss – sobrevivente –, obrigada por seu apoio e por compartilhar suas lembranças de Lale e Gita comigo.

A Shaun Miller – meu advogado, você sabe fazer um acordo. Obrigada.

A meus apoiadores no Kickstarter. Obrigada por serem os primeiros a apoiar a transformação dessa história em romance. Seu apoio foi muito valioso. Vocês são: Bella Zefira, Thomas Rice, Liz Attrill, Bruce Williamson, Evan Hammond, David Codron, Natalie Wester, Angela Meyer, Suzie Squire, George Vlamakis, Ahren Morris, Ilana Hornung, Michelle Tweedale, Lydia Regan, Daniel Vanderlinde, Azure-Dea Hammond, Stephanie Chen, Snowgum Films, Kathie Fong Yoneda, Rene Barten, Jared Morris, Gloria Winstone, Simon Altman, Greg Deacon, Steve Morris, Suzie Eisfelder, Tristan Nieto, Yvonne Durbridge, Aaron K., Lizzie Huxley-Jones, Kerry Hughes, Marcy Downes, Jen Sumner, Chany Klein, Chris Key.

Este livro e tudo o que dele resultar não existiria sem a incrível, maravilhosa e talentosa Angela Meyer, editora de direitos autorais da Echo, na Bonnier Publishing Australia. Vou estar sempre em dívida com você e, como Lale, também sinto que você está comigo o tempo todo. Você abraçou esta história com uma paixão e um desejo que era idêntico ao meu. Você chorou e riu comigo enquanto a história se desenrolava. Vi em você alguém que se viu na pele de Lale e Gita. Sentiu a dor deles, o amor deles, e você me inspirou a escrever o melhor que eu pude. Um agradecimento não parece suficiente, mas agradeço mesmo assim.

Angela não estava sozinha na Echo para tornar este livro realidade. Kay Scarlett, Sandy Cull, por sua capa incrível, Shaun Jury, pelo projeto gráfico. Ned Pennant-Rae e Talya Baker, preparadores extraordinários, e Ana Vucic, por sua revisão ao apresentar o produto final. Pela assistência editorial extra, Cath Ferla e Kate Goldsworthy. Clive Hebard, por gerenciar os estágios finais do processo editorial. Muito, muito obrigada.

Existe uma equipe em Londres, na Bonnier Zaffre, liderada por Kate Parkin, cuja promoção deste livro e a dedicação ao levá-lo aos mais diversos cantos possíveis do mundo me deixam para sempre em dívida com vocês. Obrigada, Kate. Obrigada, Mark Smith e Ruth

Logan. E a Richard Johnson e Julian Shaw, da Bonnier Publishing, por imediatamente enxergarem o valor desta história.

Ao meu irmão, Ian Williamson, e à cunhada, Peggi Shea, que me cederam sua casa em Big Bear, Califórnia, no meio do inverno, por um mês para que eu escrevesse a primeira versão. Obrigada a vocês pela excelente acomodação, para parafrasear sir Edmund Hillary: "Acabamos com aquele safado".

Um agradecimento especial a meu genro, Evan, e à minha cunhada, Peggi, pela parte pequena, mas nada insignificante, que vocês tiveram em minha decisão de adaptar meu roteiro em romance. Vocês sabem o que fizeram!

Agradeço a meus irmãos, John, Bruce e Stuart, que me apoiaram de um jeito incondicional e me lembraram de que mamãe e papai ficariam muito orgulhosos.

A minhas queridas amigas, Kathie Fong-Yoneda e Pamela Wallace, cujo amor e apoio durante os anos em que essa história estava sendo contada, não importa em que formato, eu não tenho palavras para agradecer.

Ao meu amigo Harry Blutstein, cujo interesse e dicas de escrita durante os anos eu espero ter dado conta e deixado você orgulhoso.

Ao Museu do Holocausto, em Melbourne, onde Lale me levou em várias ocasiões no papel de guia "vivo". Você abriu meus olhos para o mundo ao qual Lale e Gita sobreviveram.

A meus filhos, Ahren e Jared, que abriram o coração e a mente para Lale e o deixaram entrar em nossa vida familiar com amor e reverência.

A minha filha, Azure-Dea. Lale conheceu você aos dezoito anos, a mesma idade de Gita quando ele a conheceu. Ele me disse que ficou um pouco apaixonado por você naquele primeiro dia. Pelos próximos três anos, todas as vezes que eu o via, suas primeiras palavras eram "Como você está e como está sua bela filha?". Obrigada por deixá-lo flertar com você um pouco e pelo sorriso que você punha no rosto dele.

Aos companheiros de meus filhos: obrigado a vocês, Bronwyn, Rebecca e Evan.

A Steve, meu querido marido há quarenta e poucos anos. Lembro-me de um momento em que você me perguntou se deveria ficar com ciúmes de Lale, pois eu estava passando muito tempo com ele. Sim e não. Você me apoiou quando eu voltava para a casa triste e deprimida por ter embarcado nos horrores que Lale compartilhava comigo. Abriu sua casa para ele e o deixou entrar em nossa família com consideração e respeito. Sei que continuará essa jornada ao meu lado.

Para mais recursos, informações, fotografias e documentos, por favor, visite o site de Heather Morris: <www.heathermorris.com.au>.

Noruega
Suécia
Dinamarca
Mar Báltico
Prússia
Prússia Oriental
Rio Elba
Berlim
Poznan
Rio Vístula
Holanda
Hanover
Rio Oder
Varsóvia
Lublin
Rio Reno
Grande Alemanha
Governo Geral
Bélgica
Frankfurt
Praga
Birkenau
Auschwitz
Nuremberg
Boêmia e Morávia
Paris
Krompachy
Estrasburgo
Rio Danúbio
Munique
Viena
Vranov nad Topl'ou
Mauthausen
Fábricas Saurer
Bratislava
Salzburgo
Budapeste
França
Suíça
Hungria
Romênia
Itália
Iugoslávia
Continente Europeu
1942-1945
Albânia

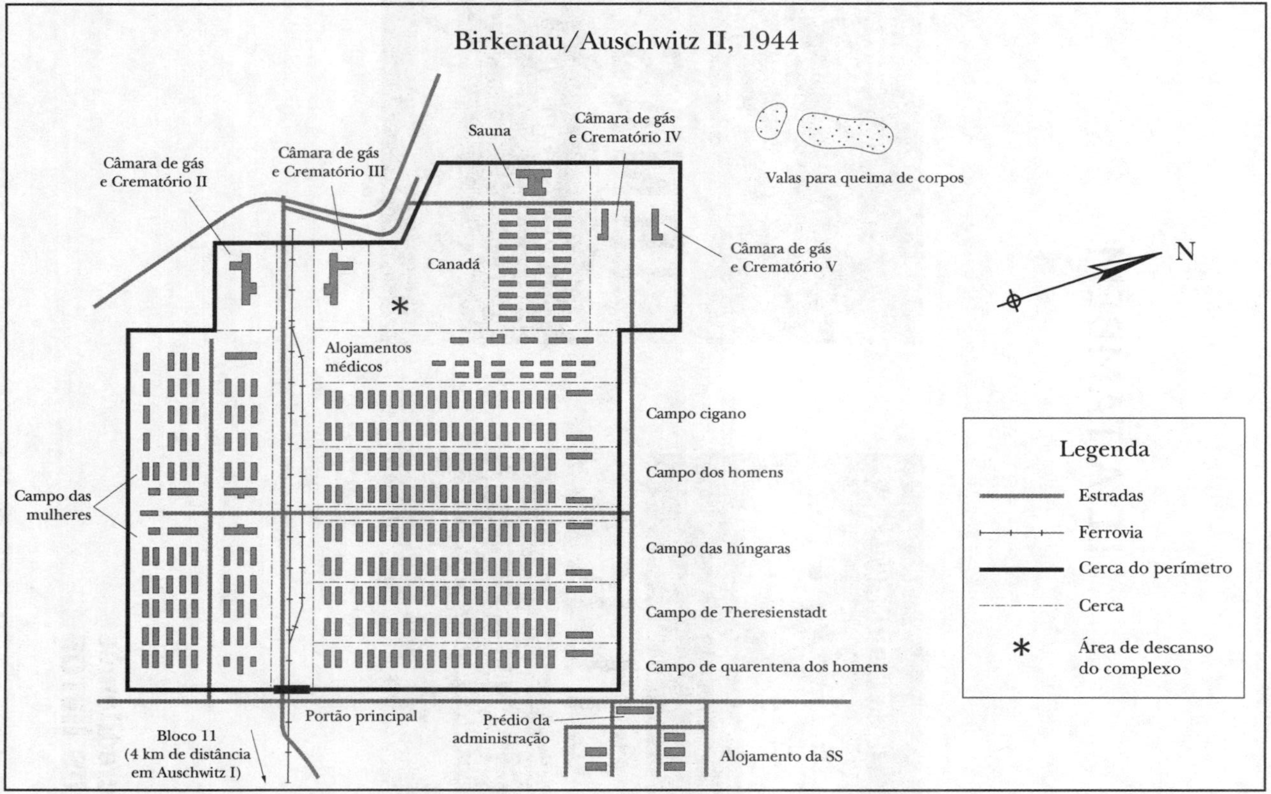
Birkenau/Auschwitz II, 1944
Câmara de gás
e Crematório II
Câmara de gás
e Crematório III
Sauna
Câmara de gás
e Crematório IV
Valas para queima de corpos
Câmara de gás
e Crematório V
N
Canadá
Alojamentos
médicos
Campo cigano
Campo dos homens
Campo das
mulheres
Campo das húngaras
Campo de Theresienstadt
Campo de quarentena dos homens
Portão principal
Bloco 11
(4 km de distância
em Auschwitz I)
Prédio da
administração
Alojamento da SS
Legenda
Estradas
Ferrovia
Cerca do perímetro
Cerca
*
Área de descanso
do complexo

LEIA TAMBÉM

Acreditamos nos livros

Este livro foi composto em Fairfield LH e impresso pela Gráfica Santa Marta para a Editora Planeta do Brasil em abril de 2022.